中国小小说名家档案

中国小小说名家档案

爱情与一个城市有关

袁炳发◎著

吉林出版集团股份有限公司

总 策 划：尚振山
策划编辑：东　方
责任编辑：杨　洋
封面设计：三棵树
版式设计：麒麟书香

图书在版编目（CIP）数据

爱情与一个城市有关/袁炳发著．—长春：吉林出版集团股份有限公司，2010．4
（中国小小说名家档案）

ISBN 978－7－5463－2837－9

Ⅰ．①爱…　Ⅱ．①袁…　Ⅲ．①小小说－作品集－中国－当代　Ⅳ．①I247．8

中国版本图书馆 CIP 数据核字（2010）第 069662 号

书　　名：爱情与一个城市有关
著　　者：袁炳发
开　　本：710 mm×1092 mm　1/16
印　　张：12．5
版　　次：2010 年 5 月第 1 版
印　　次：2017 年 6 月第 2 次印刷
出　　版：吉林出版集团股份有限公司
发　　行：北京吉版图书有限责任公司
地　　址：北京市西城区椿树园 15-18 号底商 A222
　　　　　邮编：100052
电　　话：总编办：010-63109269
　　　　　发行部：010-63104979
印　　刷：北京一鑫印务有限责任公司
书　　号：ISBN 978－7－5463－2837－9
定　　价：25．00 元

一种文体和一个作家群体的崛起

——《中国小小说名家档案》序

最近几年，由于工作的关系，我开始接触并关注小小说文体和小小说作家作品。在我的印象中，小小说是一种非常古老的文体，它的源起可以追溯到《山海经》《世说新语》《搜神记》等古代典籍。可我又觉得，小小说更是一种年轻的文体，它从上世纪80年代发轫，历经90年代的探索、新世纪的发展，再到近几年的渐趋成熟，这个过程正好与我国改革开放的30年同步。我觉得这是一个非常有意义和非常有意思的文化现象，而且这种现象昭示着小说繁荣的又一个独特景观正在向我们走来。

首先，小小说是一种顺应历史潮流、符合读者需要、很有大众亲和力的文体。它篇幅短小，制式灵活，内容上贴近现实、贴近生活、贴近群众，有着非常鲜明的时代气息，所以为广大读者喜闻乐见。因此，历经20年已枝繁叶茂的小小说，也被国内外文学评论家当做“话题”和“现象”列为研究课题。

其次，小小说有着自己不可替代的艺术魅力。小小说最大的特点是“小”，因此有人称之为“螺丝壳里做道场”，也有人称之为“戴着镣铐的舞蹈”，这些说法都集中体现了小小说的艺术特点，在于以滴水见太阳，以平常映照博大，以最小的篇幅容纳最大的思想，给阅读者认识社会、认识自然、认识他人、认识自我提供另一种可能。

还有非常重要的一点，小小说文体之所以能够迅速崛起，离不开文坛有识之士的推波助澜，离不开广大报刊的倡导规范，离不开编辑家的悉心栽培和评论家的批评关注，也离不开成千上万作家们的辛勤耕耘和至少两代读者的喜爱与支持。正因为有方方面面的共同努力形成“合力”，小小说才得以在夹缝中求生存、在逆境中谋发展。

特别是2005年以来，小小说领域举办了很多有影响力的活动，出版了不少“两个效益”俱佳的图书，也推出了一批有代表性的作家和标志性的作品。今年3月初，中国作家协会出台了最新修订的《鲁迅文学奖评奖条例》，正式明确小小说文体将以文集的形式纳入第五届鲁迅文学奖短篇小说奖的评奖。而且更有一件值得我们为小小说兴旺发展前景期待的事：在迅速崛起的新媒体业态中，小小说已开始在“手机阅读”的洪潮中担当着极为重要的“源头活水”，这一点的未来景况也许我们谁也无法想象出来。总之，小小说的前景充满了光耀。

在这样的历史背景下，《中国小小说名家档案》的出版就显得别有意义。这套书阵容强大，内容丰富，风格多样，由100个当代小小说作家一人一册的单行本组成，不愧为一个以“打造文体、推崇作家、推出精品”为宗旨的小小说系统工程。我相信它的出版对于激励小小说作家的创作，推动小小说创作的进步；对于促进小小说文体的推广和传播，引导小小说作家、作品走向市场；对于丰富广大文学读者特别是青少年读者的人文精神世界，提升文学素养，提高写作能力；对于进一步繁荣社会主义文化市场，弘扬社会主义先进文化有着不可估量的积极作用。

最后，希望通过广大作家、编辑家、评论家和出版家的不断努力，中国文坛能出更多的小小说名家、大家，出更多的小小说经典作品，出更多受市场欢迎的小小说作品集。让我们一起期待一种文体和一个作家群体的崛起！

中国作家协会党组成员、书记处书记
中国作家协会副主席
中国作家出版集团管委会主任
何建明

目 录

作品荟萃

作品评论

创作心得

创作年表

感　动

中年男人到达这个城市的时候是中午。

中年男人在旅馆办理完住宿手续后，正好是中午十二点。

中年男人走向旅馆一楼前厅的电话机前，对看电话的一个中年女人说："我挂一个长途。"

中年女人点点头。

中年男人便抓起放在服务台上的电话稍停一下便开始拨号。

很快，电话通了。

由于不在电话间，男人讲的话看电话的中年妇女听得很真切。

中年男人说："我好想你。我一定争取早办完事回去。"

说完这些话后，中年男人开始对着话筒点头，听对方说话。

不一会儿，中年男人开始讲话。

中年男人说："喂，一定要听我的话，注意保护自己的身体，医生给开的药一定要按时吃……"

中年男人挂断电话，付完电话费后回自己的房间去了。

这个中年男人在这家旅馆住了五天，在这五天之中，中年男人每天中午十二点左右都要挂一次这样的电话。

第五天的中午，看电话的中年女人发现电话机旁的中年男人很兴奋。中年男人对着话筒喊："喂，喂，喂，告诉你一个好消息，这里的事我终于办完了。明天我离开这里，后天就能到家了。喂，你今天的身体情况怎么样？……很好我就放心了，吻你！"

中年男人付完电话费后，刚要走，看电话的中年女人叫住了他。

中年男人问："怎么，电话费错了？"

中年女人摇摇头，说："不是那个意思。先生，我是想问你，你每天的电话都是打给你太太的吗?"

中年男人点点头，说："是的。我是单位的采购员，每天都奔走在外，太太的身体又不好，没法子呀!"

中年女人听后，带着一脸羡慕的神色说："你太太真有福气，祝你们幸福常在!"

中年男人说声"谢谢"就走了。

中年男人走后，看电话的中年女人开始在心里恨起自己那个也是采购员的丈夫来，丈夫也几乎是常年在外，而自己又天天守着电话机，却一次也接不到丈夫打来的电话。想到这儿，中年女人骂了丈夫一句：这个没心没肺没肝的蠢猪!

骂后，中年女人又为那个中年男人对自己的太太那样知疼知热感动得落泪了。

其实，中年男人对看电话的中年女人说的话是谎言。

中年男人每天打的电话都是打给他的情人的。

男孩和女孩的故事

这是一个男孩和女孩的故事。

故事中的男孩长得很帅气很潇洒。

男孩有一头茂密而又很美的黑发。

男孩喜欢弹吉他，喜欢唱流行歌曲。

无事时，男孩就在自家门前弹唱好多好多的流行歌。

一天，正在唱歌的男孩突然停止了弹唱，因为故事中的女孩这时出现了。

男孩看见那个挺漂亮的女孩站在不远处看他。

男孩就向那挺漂亮的女孩走去。

女孩用热辣辣的目光迎住他。走近时，女孩发现了男孩那茂密的黑发，就很惊异地说：“呀，好美丽的黑发！”

对女孩的惊异，男孩自己也感到很惊讶，就显得很不自在，就用手无意地很随便地摆弄着这头黑发。

男孩和女孩就傍着夕阳聊起来。

女孩说她是听到歌声才跑来的。

男孩说他是无事方唱歌的。

女孩爱无缘无故地笑，笑得男孩不自在起来，那手就无意地很随便地摆弄起黑发来。

女孩收住笑，走近，把男孩摆弄黑发的手从头上拿下来，对男孩说：“上帝给了你这头美丽的黑发，你应该珍惜，不应随便用手摆弄。”

说完，女孩就用自己纤细的小手，帮男孩慢慢地轻轻地梳理着乱了的头发。

男孩这时就显得更温顺，温顺得像一只羔羊……

这样，男孩和女孩就好起来。

每天的傍晚，女孩总约男孩到户外弹吉他唱歌。

男孩常借歌声表达他对女孩的情感。男孩唱《天天想你》《我有多想你》。

唱得女孩一脸的醉意。

接下来，男孩和女孩就坐下来，女孩就给男孩念诗：

死怎能从容不迫，
爱又怎能无动于衷，
只要彼此爱过一次，就是无憾的人生。

“怎样才算彼此爱过一次?”男孩就问。

“就像你我爱得又真又诚。”女孩回答。

男孩就不再问，又说别的。

男孩问女孩：“你为什么爱我?”

女孩答男孩：“就因为你有一头很茂密很美丽的黑头发。”

男孩听后就站起身默默地走了。

女孩站在那儿默默地注视着男孩远去的背影，感到很困惑。

后来，男孩想到自己这很茂密很美丽的黑发肯定也会变成很稀疏很苍凉的白发时，就主动和女孩分手了。

男孩挺成熟地想：自己未来的生活毕竟不是一首流行歌。

男孩和女孩的故事到此也就结束了。

重　要

女孩叫小奇。

小奇是从南方考进北方这所学校的。

小奇长得娇娇小小，一张娃娃脸，充满了甜甜气气的味道。

一个喜欢小奇的男孩，曾经这样描述过小奇：走近小奇时，感觉她的那张脸，就像春天田野里刚露出头的小草，给人满鼻子香气，很迷人。

这个喜欢小奇的男孩，曾经给小奇写过一百首诗，但并未得到小奇的回眸一笑，便觉得大跌面子，一赌气退学回了南方。

当同学问起小奇为什么不爱这个男孩时，小奇回答说："我不喜欢南方男孩的那种柔气。"

这样，在大学将近毕业的前夕，小奇爱上了同班的一个北方男孩。

北方男孩叫坤，长得高高大大，帅气中透着一股刚毅的气质。

在校园那棵榆树下的阳光里，小奇常把自己瘦小的背部贴在坤的胸膛前，然后自豪地说："这感觉特踏实！"

坤听后，那种自豪的表情就溢满他那张黝黑色的脸。

小奇和坤经常去校园附近的那家"老鼠爱大米"的酒吧喝卡布其诺咖啡。

小奇常在慢慢的啜饮之间，向坤描述家乡的美好。

北方正值雪飘漫舞的二月寒冷中，小奇却讲起此时家乡成都的梅花开了，郁金香开了。

这怎么可能？坤满目疑惑。

小奇就把自己的手机递给坤说："这是妈妈前天在公园拍的，用彩信给我发来的。"

没去过南方的坤，看后一脸的惊奇。

小奇对坤讲的最多的是成都的串串香，每一次见面都要讲。

小奇说："我们那儿的串串香，可真叫串串香，香死了，我每次吃都能吃掉一百串。"

小奇把坤讲得喉结都动了。

小奇就"嘻嘻"地笑，说："看，嘴馋了吧？别急，以后我带你去成都吃个够。"

……

毕业了，小奇要回南方的成都谋职。

无疑，坤面临着选择。

最后，在爱情和故乡面前，坤选择了爱情，随小奇踏上了向南的列车。

火车载着小奇和坤，在两条乌黑的铁轨上，奔驰了两天之后就到了绵阳。

到了绵阳几乎就快到成都了。

这时，在小奇和坤之间发生了一些意外的事情。

因为一件不是什么重要的事情，小奇和坤吵了起来，吵得很激烈，双方各不相让。

火车到达成都后，走出站台的小奇也没理坤，自已打了一辆出租车走了。

坤是个很倔强的男孩，他没喊小奇，只是孤零零地站在火车站前的广场上，看着小奇坐着的那辆车渐行渐远……

而后，坤也打了辆车。

司机问："去哪儿？"

坤说："随便。"

司机就开着车带着坤随便地逛街。

驶过几条街后，在背离主街的另一条小街，坤发现有许多串串香的牌子挂在门顶的上方。

坤就想起了小奇经常向他炫耀的成都串串香。

时值正午，恰好坤也感觉到饿了。

坤叫停了车，走进了一家串串香店。

坤在临窗处找了一张小桌坐下来。坤发现这家的大厅里，几乎是桌桌爆满。

坤就想，难怪小奇这么夸赞串串香。

坤要了二十串牛肉、二十串鸡肉、二十串木耳。

不一会儿，锅内的红油加辣的汤开始沸腾。

坤就把牛肉、鸡肉、木耳串放到汤锅里。

这种方式吃串，坤还是第一次。

尽管是第一次吃，但坤在吃了不到十串之后，感觉索然无味。于是，坤就走出了这家串串香的店。

坤热爱诗歌，崇拜杜甫。

坤打车来到了“杜甫草堂”。当坤在草堂内转悠到“诗史堂”内，正在默读“安得广厦千万间，大庇天下寒士俱欢颜”时，小奇的电话打到了坤的手机上。

小奇在电话中的语调有些哭叽叽的：“坤，是我。吵架的事情是我不对，你能原谅我吗?”

坤拿着手机沉默。

小奇就有些着急：“说呀！你在哪儿，我去找你。”

坤告诉了小奇，俩人约在“杜甫草堂”的正门见。

坤来到正门等小奇。小奇来后悄悄地从后面用双臂揽住坤的腰，把脸轻轻地贴在坤的背上，甜声甜气地说：“我再也不惹你生气了。”

原本还在生着气的坤，一下就不生气了。

小奇和坤牵着手又游览了草堂内的“水竹居”、“浣花祠”、“少陵碑亭”。

游至傍晚，小奇对坤说：“走，我带你去吃串串香。”

坤说：“别去了，我中午去了，没吃出什么香来。不像你说的那么好吃。”

小奇执意要去，说：“走吧，中午是你一个人，两个人吃的味道是绝对不一样的。”

坤就和小奇去了一家串串香店。

小奇要了二百多串。

坤担心吃不了，便阻止。

小奇说：“ 保证吃得掉。”

串串香在火锅里煮熟了后，他们就开始吃。

吃了一会儿后，坤就好像找到了感觉，串串香在他的嘴里一串串地消失。坤吃得满脸流汗，低着头只顾一个劲地吃。

这是小奇第一次看见坤的这种贪婪的吃相。

两个人真的吃掉了二百串。之后，坤用纸巾擦着嘴边的油渍，说：“吃得过瘾，真像你说的香死了。”

坤问小奇：“怪了，中午我怎么没吃出这种感觉呢?”

小奇笑眯眯的反问坤：“你说为什么呢?”

坤答：“不知道。”

小奇用手指刮了一下坤的鼻子，说：“大——笨——蛋!”

小奇和坤说笑着走出串串香店。

走出来后的坤，回头又看了一眼这家串串香店，于是，在心里记住了成都的串串香。

挨 打

她是他的情人，两个人已暗里好了半年。

她和他的约会、见面，甚至打电话都要格外谨慎小心，因为他的妻子小慧和她就在同一个办公室里工作。

有时她和他通电话时，他的妻子小慧就在一旁。

这时，她就得调转电话筒的方向，背对着小慧，轻声地对着话筒说话。

放下话筒时，她的身心都感到汗淋淋的。

也怪，每次放下电话，小慧都要问上一句："谁打来的？"

她听后心里说：管得着吗！但嘴上却说："一位老同学。"

见小慧不问了，她才掏出手绢擦额上的汗。

其实，她心里很清楚，自己无论哪方面都比不过小慧。唯一能和小慧抗衡的是自己的年龄比小慧小了几岁。小慧漂亮，业务能力强，又是科里的主办科员。因此，她常认为小慧的丈夫爱自己不是真心的。

有时在一起约会时，他要吻她，她便生气地推开他，说："你的妻子哪一点都比我好，还漂亮，你干吗还爱我呀？你不是在骗我吧？"

他搂住她，哄着说："不，在我眼里，你哪一点都比她好，温柔、漂亮，更重要的是有内蕴的独特气质。"

她听后挺认真地问他："你讲的话都是真的吗？"

他点点头，说："当然是真的！"

她就心花怒放地扑进他的怀里了……

他和她的经常约会，影响了他下班回家的正常时间。他妻子小慧问他："你天天都做啥？这么晚回来？"

他总是有回答的，不是说会老同学，就是说单位里来了客人。

小慧不相信他的话，心里疑惑着。

上班坐在办公室里，小慧就对她说："我家先生的魂，说不定叫哪个女人给勾去了，天天夜里很晚时才回家。如果有一天，我知道了这个女人是谁，我一定会像痛打落水狗那般打她！"

她听后，吓得身心又汗淋淋起来。

晚上，她和他约会时，突然想起了白天在办公室里，他妻子小慧说的"痛打落水狗"的话。

她就暗笑一声，心想：看谁先像落水狗。

想到此，她就娇嗔地搂住他的脖子，说："我很嫉妒你的妻子小慧，你替我出出气，打她！"

他听后无语。

她就急着问他："你不爱我吗？"

他答："爱。"

她问："那你为什么不答应我打她？"

这次他像下了决心，说："打她，一定打。"

她高兴了，连连吻他，还说："像痛打落水狗那般打她！"

翌日上班，在办公室里她见到小慧的脸果真挂了彩时，她的心就很虚起来。

小慧的胳膊腿，还有脸，被丈夫打得青紫得一块块的。

小慧红肿着一双眼睛，和她哭泣道："我家先生结婚这些年，第一次打我，而且打得这样狠，可我不知道自己为什么挨打？"

停了停，小慧又对她叹着气说："我们做女人的真不容易呀！"

小慧的这句话，使她的心受到了震动，脸上一阵阵的红红热热起来。

小慧见了，忙近前很关心地问她："你的脸色怎么这样红？不会是发烧吧？要不我陪你去医院？"

她忙说："不用，谢谢！"

此时的她倒有自己被挨打的感觉了。

从此，她主动地和小慧的丈夫分了手，并对小慧特好起来。

怕 冷

他和她在同一个单位里上班，但所从事的工作却不一样。

他在电气自动化车间工作，她在厂医务室工作。

他和她能成为一对情人，完全是因为她家里的那台电视机。

那时，她家的电视机坏了。

她就对丈夫说单位的他会修电视机。于是，他就被请到家里来修电视机。

他看了电视机的说明书，看了线路板图，然后拆机，用电烙铁焊焊接接，然后装机，插上电源，电视机就又恢复正常，而且图像比以前还清晰。

她和丈夫就非常地感谢，让他留下来吃饭。他不肯，说同事之间帮这点忙不算什么。

她和丈夫却不放他走，一脸真诚挽留他。他争执不过，就留下来吃饭。

他们在一起喝了酒。酒后，又唠了许多的话……从此，他就成为她们家的朋友了。无事时，他常到她的家里来坐一坐。

后来，他和她就成为情人了。

他和她经常约会在一起缠绵。

她住的是平房。有一次，他和她在她的家里正做那种事情时，他看见窗外她的丈夫走进了大门。他俩便都很手脚麻利地提上裤子，系好腰带，然后坐在那里若无其事般地闲聊。

她丈夫进屋后，没有发现什么，就坐下跟着闲聊起来。

这事过后，他和她都很后怕。

他说那次真险！

她说可真险，多亏我们的手脚麻利。

他骂这该死的裤子碍了许多他和她的好事。

突然，她想到了短裤头。

她说以后到我家里来，可以穿松紧带的短裤头，那样做事方便，遇有意外情况，裤头一提就算完事，免去了系裤腰带的程序。

当时是夏天，无论是阴雨天或是晴朗天，他都穿着短裤头到她的家里来，遇到她的丈夫不在家时，他就和穿着短裤头的她做那种事情。

几次以后，他和她就都觉得这短裤头确实挺方便的，便又都各自买了几个短裤头替换着穿。

不久，他和她的感情升华到谁也离不开谁的程度了。

他和她都不想过这种偷偷摸摸精神很紧张的生活。

他和自己的妻子离了婚。

她和自己的丈夫离了婚。

他和她组建了一个新的家庭。

婚后不久，她把他所有的短裤头收起来，锁在皮箱里。

他呢，也要求把她的所有短裤头收起来，锁在皮箱里。

她很听话，就把自己所有的短裤头收起来，锁在了皮箱里。

之后，他和她就再不穿短裤头。无论怎样热的天，他和她也都是穿着长裤，走在大街小巷。

遇到熟人时，熟人就问他和她这样热的天为什么不穿短裤头？

他和她就一起回答：怕冷！

熟人听后，就很疑惑地看着他和她，然后自言自语地说这大热的天，怎么能怕冷呢？

熟人再次见到他和她时，是一年以后的夏天。

当时他和她刚走出法院的门口，都穿着短裤头，就问他和她怎么又不怕冷了呢？

他和她听后都没有回答，向前走着。十字路口那儿，他和她分手各奔东西……

网　事

娟子的女儿今年考上大学，去南方读书了。

而丈夫的公司此时正是鼎盛时期，每天忙得不可开交，没空陪她。

娟子就成了一个闲人。

娟子闲得心里发慌，老觉着自己的心好像是被人剜走了一般，每天整个人显得飘飘渺渺，虚空无边。

闲得心里发慌的娟子就学会了上网。她听人说，网络的空间很大，色彩缤纷，无奇不有。

娟子给自己起了个网名叫“人到中年”，QQ 个人资料上填写的是自己的实际年龄四十二岁。

娟子在网上聊了几个夜晚之后，发现和自己聊的网友很少，有的是和她聊上几句就走人，有的是娟子主动搭话，对方也不理她。

思量了一阵之后，娟子知道了症结所在。娟子就三下五除二把自己的网名“人到中年”改成“小蜻蜓”，把年龄从四十二改成三十二岁。

这一招果然奏效，娟子再上网时，一些网友不请自来，都和娟子打招呼，弄得娟子有些应接不暇。

一天晚上，娟子在网上时，一个网名叫“老蝈蝈”的男人频频与她打招呼。

娟子迅速打开“老蝈蝈”的个人资料，看到对方的年龄是四十五岁。

娟子想：与自己的年龄相应，应该有共同的语言。

娟子就回应了一句：“老蝈蝈，您好！”

对方也马上回应：“小蜻蜓，认识您很高兴。你我属于同类，应该谈得来。”

娟子："是的，认识您我也很高兴。"

对方立即发过来一朵绽放的红玫瑰。

娟子看后，心律加快，脸颊也漫过一片红晕……

从此，娟子每晚都和"老蝈蝈"像老朋友一样聊到深夜。

如果在网上一天遇不到"老蝈蝈"，娟子的心就慌慌的，甚至还生出一份对"老蝈蝈"的牵挂来。

一次在网上，"老蝈蝈"向娟子投石问路："你一定很漂亮吧？"

娟子回应："呵呵。"

这时的娟子，已经掌握了一些聊天的技巧，遇到这些敏感的话题时，她就在键盘上敲出两个字："呵呵。"

"老蝈蝈"问："您今年三十二岁？"

娟子："呵呵。"

"老蝈蝈"又问："你是个性格温顺的女人吧？"

娟子："呵呵。"

一次，娟子生病了，打了几天的吊瓶，没有上网。病愈之后上网时，娟子发现自己的QQ窗口上，尽是"老蝈蝈"的留言："我的小蜻蜓，你飞到哪里去了？怎么不见你上网了？有什么事了？我非常非常地牵挂你呀！"

娟子有些泪眼盈盈了。

娟子又接着往下看："张爱玲在一篇文章中说：'于千万人之中遇到你所要遇见的人，于千万年之中，时间在无涯的荒野里，没有早一步，也没有晚一步，刚巧遇到，那也没别的话可说，惟有轻轻的问一声：噢，你也在这里吗？'我很珍惜生命之中的这份缘，因此，无论如何我要见上你一面。我的手机号码是：1390××××888。千万给我打电话，等你！！！"

娟子犹豫了一会儿，终于拿起手机拨通了"老蝈蝈"的电话。

接通后，娟子说："是我，小蜻蜓。"

"老蝈蝈"很惊讶："是你呀，小蜻蜓！这些天飞哪儿去了？真叫我牵挂你呀！"

娟子："我病了，刚好。"

“老蝈蝈”：“啊，那这样吧，今晚我请客，给你压惊!”

娟子：“不用了，挺破费的。”

“老蝈蝈”一副财大气粗的语气：“破费什么，区区几毛，不足挂齿。”

最后，娟子碍于情面，答应了“老蝈蝈”的邀请。

她们定晚5点钟在市少年宫正门见面。

晚5点整，娟子准时赴约，但她没有见到“老蝈蝈”。5点过5分时，娟子的手机响了，当她刚要接听时，对方却挂断了。

来电显示是“老蝈蝈”的手机号，娟子拨了过去，对方已经关机。

娟子想不出为什么，就又站在原地等。等到了6点半，也未等来“老蝈蝈”。

娟子只好怏怏不乐地回了家。

回到家后的娟子对“老蝈蝈”的失约想了半天也没想出什么。

娟子从此再不上网。

活着没意思

一位朋友在刚燃完二十八只生日蜡烛的当天夜里就死去了。

作为朋友，雄感到很悲伤很痛苦。

作为朋友，雄随灵车去了火葬场。

从火葬场回来的雄，始终忘不了朋友的尸体被推进铁炉时那种揪人心肺的滋味，更忘不了骨灰寄存室寄放的骨灰盒上镶嵌的那些十八九岁，露着灿灿烂烂笑容的少男少女们的相片，忘不了，一辈子也忘不了，这种记忆是很刻骨铭心的。

雄知道自己再过两个月也要燃起二十八岁生日的蜡烛。

雄就感到人世很苍凉，生命很无光。

从此，雄就整日萎萎缩缩。

从此，雄给人的形象总是未老先衰。

雄对大家说："活着没意思！"

大家就说："活着是美丽的！"

雄就红着眼珠骂大家："这样说我操他老婆！"

大家听后却都不怒，都怜于雄的瘦骨伶仃。

雄的女朋友，一个很漂亮很温柔的女孩说雄："你干吗穿得脏兮兮？你干吗不穿得潇潇洒洒？"

雄就说："那是很没意思的事情，傻人才会那样做。活着是没意思的。"

女孩变了脸："没意思，没意思，说是没意思你干吗不去死呀！"

雄说："死神还没有恩赐我机遇。"

女孩就和雄分了手，永远地不再见。

和女孩分手后的雄更感到活着没意思。

雄笑着对大家说："活着也是没意思！"

雄哭着对大家说："活着也是没意思！"

雄醉后对大家说："活着也是没意思！"

……

一日，雄和大家去一个水库钓鱼。

雄置好鱼竿把线甩入水里。不一会儿，露在水面上的鱼漂就发出鱼咬钩的信号。雄就很有情绪地提竿，一条很大的鱼就被提出水面。很遗憾，当雄刚要摘钩的时候，那鱼很机灵地一个翻身挣脱了钩儿又跳回水里。这时的雄竟忘记自己不会游泳，竟甩掉鱼竿随鱼一起跳入水中。他想抓回那条到手后而又逃走的大鱼。

跳入水中后的雄在水里忽上忽下地挣扎。

雄的肚里喝进了水。雄意识到这水能够吞噬他的生命。雄就大喊："救命！救命！……"

其实，在雄未喊救命时，大家就早已脱衣跳入水中向他游去。

大家费劲地把雄从水里救上来。

被救上来的雄，坐在那里吸完一支烟后，说："操，活着也是没意思！"

大家听后就笑了。

雄也跟着莫名其妙地笑了。

杀　蛇

男人是在发了财以后，用好多好多的钱，和好多好多的花招，把小他十几岁的女人弄到手的。

那时，女人还是女孩。

男人认识了女孩，女孩很爱笑，笑得还很甜，男人就被女孩那一脸甜甜的笑，搞得寝食不安，魂不守舍了。

男人就开始在女孩身上花心计。

男人请女孩一次次吃饭，男人还为女孩买一套套的高档服装。

初时，女孩不肯接受。

女孩说：我有何资格接受你这么贵重的礼品呀？

男人说：没关系，我是你哥哥。

男人又重复道：是那种比亲哥哥还亲的亲哥哥。

女孩听后，就又露出一脸甜甜的笑。

后来，男人又为女孩买来一堆黄灿灿的金饰品。

女孩也收下了。

男人的胆子就壮了起来。

男人的手开始在女孩的身上肆无忌惮地摸。

男人的唇也开始随意地往女孩的唇上碰。

这些，女孩都默认了。

兴奋起来时，男人就要求女孩脱下裤子，和女孩做那种事情。

但女孩任死不从。

女孩说：我们做到这一步就可以了，再跨越一步就对不住你妻子了。

男人说：我不爱我妻子，在她面前我永远没有激情。

说完，就搂过女孩，低下头，一脸的悲戚状。

男人知道，对付这样的女孩不能硬来，应该用心计。

一次，男人又来找女孩。

临来前，男人用手抓破自己的脸和脖子。

见到女孩，男人就又一脸的悲戚状。向女孩诉说着妻子如何凶残地用手抓破他的脸和脖子，然后又绝情地把他赶出家门。

女孩听后，心顿时就软若柔水，一脸甜甜的笑容没了，有泪水从两只漂亮的大眼睛里流出来。

男人得逞了，抱起女孩走向床。女孩这次没有拒绝，女孩还把男人抱得很紧很紧。

瞬间，女孩就变成了女人。

之后，男人购买了一幢小楼，开始金屋藏娇。

男人叫女人辞去工作，男人还不许女人同其他男人来往。

女人像鸟似的被男人养在小楼里。

一年后，男人就很少再到小楼里来了。

女人一个人孤零零地守着小楼。

女人终于耐不住寂寞，勾搭上一个男人。

男人知道这事后，并没有责怪女人。

男人从市场上买回一条蛇。

男人用一根很细的绳，拴住蛇的脖子，然后把蛇挂到楼下院内的树上，把女人喊来，叫女人看他如何杀蛇。

女人怯着一双眼，胆战心惊地看。

男人用刀子扒蛇的皮。不一会儿，整个的一张蛇皮就被男人扒下来，双手弄得血淋淋的。

女人见罢吓得双手捂住脸。

男人就哈哈大笑。

男人说：女人就是蛇呀！

女人听后顿时就昏了过去。

不久，女人也用一根绳子，把自己像蛇一样地挂到了楼下院内的树上。

书 患

柳镇有个袁先生，人斯文，个高，却极瘦。柳镇人议起袁先生的瘦，都说是“他的瘦，是书弄的”。

这样说是有原由的。袁先生嗜书如命，常把书比做自已生命的一部分。他读书可以不吃不喝，更不用头悬梁，锥刺骨，也能读个通天通宿。久之，袁先生就被弄成猴一般的瘦。

袁先生喜欢读书，也喜欢买书，用袁先生的话说：“过日子家什可无，书却不可无！”袁先生和夫人结婚十余年，家里四壁藏书有顶棚之高，在柳镇可算是位藏书泰斗。

袁先生家中藏书虽多，却颇爱到外面借书读。借同事的，借学生的，借学校图书馆的，凡有书可借，必借来读，并且读起书来如痴如醉。

一夜，已是月挂中天，袁先生仍手持一卷于书室的案前，朗朗高声：“噫吁戏，危乎高哉！蜀道之难，难于上青天！”

夫人惊醒，披衣起床来到书室，对先生说：“时间这么晚了，明天读不行吗?”袁先生仍手不离卷，眼不离书，对夫人说：“不行，这书借时讲好，明天必还！”夫人无奈，叹气摇头刚要离去，却突然发现先生读的是《李太白全集》，就很惊讶的问先生：“《李太白全集》咱们不是早买了吗?”

听后，先生甚惊。抬起头：“真的买过?”

夫人点头。

先生大喜，急起身到书架前，甩甩胳膊，揉揉酸眸，竟真从书架里找出《李太白全集》。

夫人就对袁先生说：“书都把你弄瘦了，也弄糊涂了。”

先生摇摇头，抬头的时候露出一脸苦笑。笑后，遂与夫人入寝。

人常说光阴似箭，却也是这个道理。谁也不曾留意什么，二十年就这么过去了。

二十年后的袁先生，被书弄得越发的瘦了，整个人瘦得精赤赤一条。那身上的薄皮裹着一身瘦骨，让人看着着实怜惜。

一日，袁先生感觉身体不适，就躺在床上，这一躺就是十来日，身体仍是有些不适。

袁先生不知自己患了什么病，就觉得全身筋骨酸疼。夫人劝他去看医生，袁先生很固执地摇头。

袁先生让夫人把床挪到书房，他说他离不开书。夫人照办后把他搀扶到书室的床上。袁先生于书室的病榻上，看到四壁的书，精神上就有了好大的安慰。

又一日，袁先生的老朋友来看望他。朋友落座之后，袁先生就指着四壁的书，对朋友说："我这一生书没少读，却都是借人家的。可惜自己藏了这么多书，却没有一本真正看过。"

朋友听后，不解，惊讶地问："真有此事，这是为何?"

袁先生说："我总有一个怪想法，书是自己的，什么时候读都行，借人家的书，就得抓紧读，抓紧换。"

朋友听了想想，就劝先生，说："先生有这样的想法并不怪，这很合乎正常人的思维，只是青春易逝，人生苦短啊!"

这一年的年底，袁先生的病也未见起色。不久，他故去了。死的时候眼睛是睁着的，是他夫人用书给他合上的眼……

袁先生和夫人只有一个女儿，他女儿在镇上开饭店，听说挺有赚头，对书却不大感兴趣，就常对母亲说："妈，我爸留下的那些书咋办呀?!"

袁先生的夫人望着四壁顶棚高的书，叹着气说："是呀，愁的是这些书可咋办呀!"

暗　算

没人知道他的真名实姓，自从他上了横头山，做起胡子头以后，手下的兄弟们就称他为横头山的山大王。

山大王便这样被叫开了。

山大王虽然占山为王，但不欺压百姓，专行劫富济贫之事。苇子沟的大商户和有田有地的大人家，就是山大王行黑道的一条财路。

在苇子沟有“山大王的条子，顶上皇帝的圣旨”之说。

苇子沟的穷苦百姓，不管哪家发生天灾人祸，需要银两周济的时候，便跑到横头山，把事情原委和山大王一说，山大王就会立即抓起笔开条子。

接条子的人，便拿着山大王给开的条子，来到山大王指定的大户，把条子呈给大户的掌柜。

接条子的大户掌柜，看过条子，便得立马派人拿来银两，交给来人。

如遇哪家大户见条子不给情面的，山大王就也不留情面，夜里必会带人把这家大户的钱财洗劫一空。

久之，山大王开条子接济穷人的事情，便传遍苇子沟全城。

苇子沟方圆几百里的穷苦百姓，只要提起山大王时，就都说，山大王是好人！

山大王和日本人是死对头。

山大王常在夜里带手下的弟兄们，偷袭日本兵的驻扎营地。

有时还派绑票的高手，巧施各种计策，把日本军官绑到横头山上来。

等日本人提着钞票，到横头山来抽票时，山大王就抓着大把的钞票哈哈大笑。

笑过之后，山大王就突然冷了脸，对手下的人命令道：“撕票！”

于是，被绑的日本军官和前来抽票的日本人，脑袋就被子弹穿了洞。

山大王成了日本人的眼中钉，肉中刺。

日本人发誓：一定要抓到山大王，活见人，死见尸。

日本人几次派兵到横头山围捕，但都未能抓到山大王。

一天，山大王和弟兄们正在喝酒时，山下守卡的人来报，有一女人，来投山入伙。

山大王说：“带上来！”

不一会儿，一个女人便被带来。

山大王抬头看时，便一下惊呆了。

面前站着的是一个长相很漂亮的女人！

山大王惊得忘了问话。

女人倒是先一步跪下，说：“山大王，俺叫秋香，前几天我在山下被日本人抓住，他们糟蹋了俺的身子，俺拼死逃了出来。听说你是好人，就来投奔你。只要你不嫌弃俺，俺愿意服侍你。”

山大王近前扶起秋香，说：“好，好！”

秋香就成了山大王的夫人。

一日，秋香和山大王商量，让山大王带她到圣灵寺烧香拜佛，以求早得贵子。

山大王便带几名兄弟和秋香一起到圣灵寺烧香拜佛。

山大王手持一炷香刚插上香炉，佛像后便突然闪出列队而站成一排的手握短枪的日本人。

此时，只见秋香一个闪跃，便归入到日本人的列队中。

山大王刚喊出：“秋香，你……”

日本人的枪就响了。山大王和他的几名兄弟，就死在了日本人的乱枪之下……

秋香是日本人派来的特工。

后来，有人说：自古英雄难过美人关，山大王如此也不奇怪。

下雪总比下雨好

这是北方秋末冬初的第一场雪。

一片片的小雪花，花瓣似地从空中纷纷扬扬飘下来，落在她和他的身上、发上、脸上。初冬的小雪下起来很柔和，看着也很美气，不像深冬腊月的大雪，落在人的脸上像刀刮般。

她和他在这极柔和极美气的落雪中，把步子迈得很懒散，很不经意。

走着，她就把身子有意地靠近了他的身子。他呢，就顺势挎住了她的胳膊。

走着，她说："这雪真美，我感觉到了甜味！"

听后，他就很认真地耸了耸鼻子，说："下雪总比下雨好。"

她问："为什么？"

他答："雪净化人的心灵。"

她问："雨呢？"

他答："雨能把人的情绪弄得很晦涩。"

她就不再问，好像很仔细地在想雨和雪之间的差别。

走着，他问："我们在一起，不怕你丈夫看到吗？"

她答："看到又怎样?！我们只是在一起走走，又没有做出别的什么事情。"

后来她告诉他，她很讨厌自己的男人。

他也告诉她，他很讨厌自己的女人。

之后，她对他说："今天我读了一本杂志，有几个挺漂亮的句子我读给你听：

我喜欢，就这样默默地坐在窗前，想你。

想你该在这幕色渐沉的冬夜，放一只心船驶向我。

他听后挺激动，捧起她美丽的脸用力地吻着。雪静静地飘，他和她吻成一体的白杨在雪中摇动。

吻后，他和她就分手了。

分手时，她对他说："我无意做你的情人。你也无意做我的情人，这对吗？"

"对，很对！"他回答得很利落。

回到家时，她丈夫问她："你怎么才回来？"

她就说她在下班的路上，遇到一条色狼，好不容易叫她给甩了。

她丈夫就高兴地把她拥进怀里。

回到家里的他告诉妻子，他下班的路上遇到一条美女蛇，好不容易叫他给挣脱了。

他妻就娇嗔地扑到他怀里，还在他的额头上连吻数下。

又是一场落雪。

他和另一个女人走着，她和另一个男人走着。

望着飘落的迷迷茫茫的雪花，他就自语了一句："下雪总比下雨好！"

他答："雪能净化人的心灵。"

"……"

于是，这个故事就又有了重复。

罪恶一种

也许是鬼使神差，也许是情缘所致，我和芸竟相爱了。

其实，相爱倒也无啥不可，最关键的是我和芸都是成了家的人，她有丈夫，我有妻子。这样，我和芸的相爱就未免有点违背常情了。

我们得躲着好多熟人的眼睛，去咖啡屋冲淡心中的惶恐，又得绞尽脑汁编尽天下的谎言，和妻子说出差。

应该说，我和芸无论从哪方面讲，都是很脆弱的人，我们在属于自己的空间的"家中"相拥而哭，哭得像个孩子一样。尽管我和芸各自对自己的婚姻状况都感到不满意，但有时我们也会突然地扪心自问：我们都做了些什么？我们算是什么样的人？

芸有时对我说："是我不好，使你背叛了自己的妻子。"

我就说："我也是一个不怎么样的男人，叫你背叛了自己的丈夫。"

芸有时还对我说："我真傻，自己有男人不爱，而爱别的男人。"

我就说："是呀，我们是一对大傻瓜，干吗这样自己折磨自己呢！我们分手吧？"

芸听后，就扑在我怀里哭了。

后来，我们想分手又分不成，我们知道我们谁也离不开谁，只有我和芸在一起的时候，生活才很真实起来。

在分手不成的情况下，芸就说："我们都不要这样虚伪地活着了，我们要活得坦荡一些，我们都离婚吧！"

我说："芸，做我的情人吧，我们一生相爱，你要知道，离婚可不是轻易的事情。"

芸就说："我是女人，过这种偷偷摸摸的日子，还不如死了好。"

我急说："死可是不行。至于离婚，我可以试试看。"

于是，在一个晴朗的日子里，我和妻提出离婚。

妻听后，如晴天里听到雷鸣那般震惊，妻问："离婚？"

我点点头。

"真的？"

我又点点头。

妻就说："你先讲讲为什么离婚？我哪方面不好？你指出来。"

我说："我不能指出你的哪方面不好，因为我不想伤你的自尊心，我认为用离婚的形式指出是对你最好的尊重。"

妻说："不管怎么讲，婚我是不能离，作为一个女人，离婚再婚是很不容易的事情。就说咱这孩子吧，养这么大，屎一把，尿一把容易吗！我可不想再遭受那样的罪了……"

往下妻子又说了很多，我都听得糊里糊涂，但妻子讲的中心内容我是明白了。妻子不想离婚，除非她死，婚才能离成。

我该怎么办？芸已经和她丈夫办完了离婚手续，搬到独身寝室，就等着我拿到离婚证然后我们一起开始一种新的生活。

但是，我终于没有拿到离婚证书，就觉得很对不起芸，便每日里躲着芸，怀着一颗歉疚的心，到酒馆里用酒麻醉自己的神经。

一天夜里，我在酒馆里又喝得酩酊大醉，到家后，在妻子的服侍下，脱衣便呼呼大睡。

睡到半夜，酒醒大半，我就觉得妻子在很费劲地、拖死猪般地把我从屋里往外拖。

待我完完全全地清醒过来后，我就发现我家的房子周围站满了人，而且房顶红光一片，我猛然意识到是自家的房子失火。我就迅速地在我的周围找我的儿子。当我没有发现我的儿子后，就疯了般地向屋里冲，但我被人们拦住了。因为就在我要向屋子里冲去的时候，屋顶倒塌了。

我的儿子就这样被大火烧死了。

我就抓过妻子，很凶地问："你为什么救我而不救儿子!?"

妻子怯着眼神说："当时……我，我就只想着你，啊，儿子啊，我的儿子啊……”

听后，于一种深深的感动中，我握住了妻子的手。

正当我和妻子都沉溺于失去儿子的悲痛之中时，我家房子失火的原因，经相关部门调查真相大白，原来我家失火是有人蓄意燃放的，纵火者竟是芸。

学　问

妻年龄小我四岁，人长得很漂亮，那白白净净的面容，很容易叫人联想起抖颤着的白色玉缎，叫人看后爽目清心。

女人的漂亮是一种财富，这话一点不假。妻正因为拥有了这笔“财富”，所以结婚多年来一直凌驾于我的头上。

如果把我家比做一个工厂，妻就是厂长，这家也是厂长负责制，凡大事小情都由妻一个人定夺取舍。

女人爱美，尤其漂亮的女人。

妻每遇外出或参加朋友的婚礼时，总要在穿衣镜前涂了又涂抹了又抹，穿完这件换那件，直到自己认为满意为止。

之后，妻就在我的面前走上一圈，然后问我：“你看我的妆化得如何？”

我看看后，说：“越发光彩动人了。”

妻就又问：“这身衣服穿得又如何？”

我说：“你就别问了，你是天生的衣服架子，穿啥都好！”

“真话？”

“真话。”我说。

妻听后，很高兴地拍一下我的肩，哼着“小妹我心有所想，嫁人就嫁哥哥这样”，然后又很高兴地走出门去。

有一天，妻在穿衣镜前打扮完毕，又走过来问我，妆化得如何？衣服穿得怎么样？

我就说：“你干吗在穿着上总这样讲究？随便一些不更好吗？”

妻就说：“在衣着打扮上，最能体现一个人文化与修养的高低，这一点你大概永远不懂。”

看着妻那种盛气凌人的气势，我便突然产生一种用刻薄的语言，压一压她那嚣张气焰的想法。

于是，我就说：“如果打扮好了是好，打扮不好那就是精神不正常。”

我发现妻挺认真地听着我的话。

我就又站起来说：“比如你今天的妆就化得特糟，简直是糟糕透顶!”

妻的肩头颤了一下。

我又说：“你这身衣服穿得也叫人咋看咋不顺眼，你自己没有感觉到吗?”

果然，我的刻薄语言压住了妻的傲慢气势，妻坐在那里一直不语。

我胜利了。我得意洋洋。

自此以后，我在妻面前总是反其道而行，妻认为好的，我说坏，妻认为坏的，我说好。渐渐，妻在大事小情上也听起我的指挥来了，而且听得非常恭顺。

一天晚上，月色很美，妻小鸟依人般地伏在我的胸前，问我：“你认为我漂亮不漂亮?”

我说：“你不漂亮，你长相很一般，甚至够不上一般。”

妻就又问：“那以前你怎么说我漂亮呢?”

我说：“那完全是为了讨太太的欢心而说的假话。”

妻说：“得了吧，我怀疑你是有了外遇，现在看我才不顺眼了。”

我说：“我可没有那么大的魅力去勾来一个女人。”

妻说：“你可要好好爱我，不然你会亏心的。”

我说：“放心吧，我一定会好好爱你，一生无悔!”

妻就抱紧了我。

看来世上的有些事情不一定都得顺着女人呀!

小纹之死

我怎么也不会相信小纹死了。

我怎么也不会相信，小纹会用一条红纱巾勒在自己的脖子上，然后再随便挂在什么地方，就结束了自己年仅二十四岁的生命。

可是小纹确实死了。在夜里二十三点十五分，在自家门上吊颈自缢。

现实太残酷，人在现实面前太不堪一击啊！

不管怎么说，作为小纹的忠实女友，在我大脑荧屏上，怎么也抹不掉那个穿着背带裙，经常露着一脸灿烂笑容的小纹。在我的意识中，小纹没有死，小纹还是那么纯情的小纹。

因此，在夜晚的梦中，就常和小纹在一起，站在春天原野上，望着太阳升起的地方，大声地喊着什么。

梦醒后，我发现身边不见小纹，就备觉凄凉，眼噙着一汪泪水，在心里为小纹祈祷，愿她的灵魂能够安宁。

小纹死去一个月了，但是，大家对小纹的死仍众说纷纭。有人说，在小纹死去的一个月前，有个小伙子经常来找她，后来不来了，又和另一个女孩好上了。

如果按此演绎推理，小纹的死是因为失恋。

也有人说，在小纹死去的一个月前，有人在半夜听见她在一条巷子里喊出的呼救声。

如果按此演绎推理，小纹必遭歹徒的强暴，而后含辱自杀。

还有人说，在小纹死去的一个月前，有人看见小纹打扮得花枝招展，在车站拉客。

如果按此演绎推理，小纹从事卖淫活动，被熟人发现，觉得无颜见人而自杀。

作为小纹的女友，这些，我全都不相信。

为此，我下决心，一定要为小纹洗清名声。

我就像一名女侦探，四处调查走访小纹生前的亲属、同学。并查找有关心理、血型等学科的资料，以便找出小纹自杀的真正原因。

一个月后，我获得一条重要线索。小纹初中时的 A 和 B 同学 对我说，她们在小纹死的当天，和小纹相遇在一家商场门口。同学相互多年不见，见面后都挺激动的。于是，已成为大款的 A 和 B 同学提议，请小纹到一家大酒店共进午餐。

这顿午餐由 A 和 B 同学共同做东。A 同学、B 同学和小纹，三人一顿午餐，就花了人民币四千余元。花得小纹目瞪口呆，花得小纹在 A 和 B 同学面前说："哎呀，你们真了不起，这一顿饭钱，我一年的工资也抵不上呀！像我这样的人，活着真没劲！"

A 和 B 同学听后，就挺满足地发出咯咯的笑声。

分手时，A 和 B 同学发现小纹的脸色不好，低着头，若有所思地走了。

与 A 和 B 同学分手后的当天夜里，小纹就自杀了。

由此，我是这样演绎和推理的：小纹与 A 和 B 同学见面时，A 和 B 同学挥金如土出手阔绰的派头，深深地刺激了小纹，冲击了小纹的心灵，使小纹在两位同学面前产生自卑，认为自己一年的血汗够不上同学请她的一顿饭钱，这样活着还有什么意思？这样，小纹在对世事产生一种绝望后，就自杀了。

我想这才是小纹之死的最好解释。

对　面

进入这个城市后，我受聘于一家法制类杂志社做编辑。

坐在我办公室对面的是一个女孩，叫丽萨。

丽萨是个既浪漫又现代的女孩。

从我来这里的第一天开始，我就对她产生了十足的好感。那天，当我走进光线有些昏暗的办公室的一刹那，因为想着自己日后可能会身不由己地在这个地方做长时间的逗留，便感觉心头一沉。就在我为了自己的选择，心情突然变得有些糟糕时，门口突然传来一阵脆生生的笑。不等我抬头，随着笑声一个靓丽的身影一下闯入我的视线。

“你好，我叫丽萨，你是新来的？”还没等我开口，丽萨的问候已经送到我面前。“你好，很高兴做你的同事。”为了配合丽萨的语速，在我还没有完全将她看清时，通过快速抢答，就把由阴转晴的心情呈现出来。

那天，丽萨上身穿一件露肩的炫彩棉麻衫，下身是一条稍稍过膝的蜡染牛仔裙，在她白皙的颈部和细细的手腕上，佩带着闪动着真实的色彩、极富个性的藏酷项链和手镯。她那嫩白的面孔上几乎见不到人工雕琢的痕迹，清丽中透露出挡不住的明艳。一见到丽萨，我仿佛突然看到了雨后那迷人的彩虹，再没有理由让自己不快乐了。

有丽萨在时，办公室里便处处春意盎然，而我在这种盎然的春意中，也总是能够找到最佳的工作状态。说丽萨是个新新人类，一点儿也不为过，她在穿戴中的自我创意与先锋时尚，常常招致别的女孩频频盗版。谈起“小资情结”，丽萨更是头头是道，几乎无人能敌。我戏称丽萨是游走在钢筋水泥的丛林中的一条活泼的小鱼，一个欢快的精灵。

丽萨称我是现代派作家，她很喜欢同我探讨一些话题。比如，“蓝调音乐”、“后街男孩”、“现代雅皮士”、“暴走族”；比如，“DIRTY-DANCE”、“沙狐球运动”、“单人徒步旅行”、“新浪潮电影”……在我的感觉中，丽萨的小脑袋里总是充满了奇奇怪怪的想法，有时抽冷子问我一句，就叫我难以招架。可是，我心里又是多么喜欢与丽萨进行这种令人愉悦的交流啊！

因为丽萨，我爱上了办公室。只要丽萨在，有时，连下班我也迟迟不愿离开。因为丽萨，我在工作中发挥了极大的主观能动性，费劲心思全国各地约稿，尽心尽力地为杂志社工作着。丽萨哪里会想到，她几乎成为我在这个城市里生存的快乐源泉。

一天，由我做执行主编的一期杂志由于约到了几篇很有分量的稿件，在读者中引起反响，销量看涨。总编大喜，大大地夸奖了我。借着兴奋，我约丽萨去酒吧喝酒，丽萨爽快地答应了。在酒吧充满情调的灯光里，坐在我对面的丽萨依旧笑语欢声快乐似天使，我们对饮了几杯“喜力”之后，她那张年轻的脸变得更加生动了，一张酷似舒淇的性感的嘴唇也格外娇俏动人。此时，望着一袭红裙下光艳照人的丽萨，我竟变得有些心猿意马了。我开始想象，尽管这种想象有些夸张。我想象着我们在微醺的状态下，相拥着来到一张松软舒适的大床上纵情地做爱，直致筋疲力尽。

或许是我的错觉，那一夜，丽萨始终情意绵绵地望着我。

原以为美好的开始一定会预示着美好的结局，可是，有一天发生了一件事，这件事彻底改变了我的选择。

那天，我从外面返回杂志社，当我接近总编室时，忽然听到从里面传来了一阵激烈的争吵，透过半开着的门，让我深感意外的是，我竟看到丽萨背对着门，一手指指点点着什么，一手卡着腰站在那儿，完全不见了往昔的美好。为了避免尴尬，我紧走了几步，但丽萨尖利的声音还是避之不及地钻进了我的耳膜：“总编，我跟你说，差我一分钱也不行，这是我应该得的，哼！妈的，谁也别装糊涂，要不大家的日子都过不好……”这时，在我背后传来了同事们的议论：“瞧见没有，利益当前，分毫不让！”“不知谁那么倒霉，撞在了她的枪口上。”我再也听不下去了，以极快的速度返回办公室。曾经代表着美丽、青春、性感等一切美好事物的丽萨，就这样在我面前轰然瓦解了。

这件事毁灭了我对美好生活的追求啊！

我突然对这座城市充满了极度的失望。于是，我决定选择离开。

在我悄然离开这座城市的第二天夜晚，丽萨给我的手机打来电话，电话中丽萨天真地问我："为什么总编如此看重你，给了你那么高的薪水，你还要离开?"

我语调平淡地告诉她我有了更好的选择，不想委屈自己。然后，我匆匆挂断了电话。

也许，丽萨永远也不会明白我离开的真正原因。

滋　味

一天，我熟悉的一位女孩，给了我一块口香糖。

女孩说今天是她的生日。

我就说祝你生日快乐！

之后，我就嚼女孩送给我的这块口香糖。嚼着嚼着，就满嘴的香香甜甜。

于这种香香甜甜的滋味之中，我就很想写这篇小说，一篇有关我和姐姐的小说。

那次，我去柳山参加一家杂志社的笔会。返程途中，车到阿城，我下了车，我要去看一看在这个城市里居住的姐姐。

去姐姐家的路上，经过一个菜市场，我就买了一只鸡，一条鱼。拎着这些东西，匆匆向姐姐家赶。

姐姐家离菜市场很远，我每次来，姐姐都是现往市场赶，弄回鸡呀鱼呀满满的一桌。这次，我顺便买来，姐姐就不必再辛苦地赶很远的市场了。

这样想着时，就到了姐姐的家。

姐姐见了我，一脸的兴奋。

姐姐忙忙地接过我手里的旅行包。当她突然看到我手里拎着的鸡、鱼时，就挺惊讶地问：你买的？

我点点头。

我就发现姐姐的脸色立即不愉快起来。

姐姐说你呀，你可真是叫我不知说什么是好，到姐姐家来怎么能自己带菜呢?！难道是姐姐供不起你几顿饭吗？

我说姐姐我没那样想，真的没那样想。

没那样想，为什么自己买了鸡和鱼？

我说我真真正正考虑姐姐的家离菜市场很远，就顺便带回来，免得姐姐再辛苦地跑上第二趟。

姐姐说，这话不越说越外吗！你来我都高兴不过来，怎么能扯到辛苦上去，我可是你的亲姐姐呀！

正因为你是我亲姐姐，我才这样做呀！

好——好——好，我不说了，行吧？你自己好好想想，这事做得对不对！

做完菜后，姐姐又对我说，这事我怎么想都不是滋味。这次你自己带菜上门，难道说以前你来姐姐待你薄了不是？

说完，姐姐就有泪从眼内流下来。

我忙从沙发上站起，说姐姐你可千万别这样，弟弟确确实实没想别的，就是想姐姐的家离菜市场很远，就顺便带回来。

姐姐仍呜咽着说，你知道吗，弟弟到姐姐家来，自己带吃的，做姐姐的心情该是什么滋味？

我说这滋味一定很不好受。姐姐你别再说了，弟弟以后再不做这样的傻事。

这一晚上，我和姐姐的情绪都很低，都很闷。

翌日走时，姐姐到车站为我送行。临上车，姐姐从衣袋里掏出相当于我买鸡鱼时花费的票子，硬是塞进我的手中。

姐姐说弟弟你揣着，这样我心里的滋味就会好受些。

我哽咽着点点头，于很不好受的滋味之中，把票子揣进了衣袋。

车开走的那一瞬间，我发现车下的姐姐掏出手帕在擦泪。

看到姐姐这般，我的双眼也模糊了……

在我写这篇小说的时候，姐姐在车站与我离别时的那双泪眼，就又很清晰地浮现在眼前。

于是，就更觉出某些不是滋味的滋味涌于心间。

觉得再不是嚼口香糖的那种滋味了。

青春的失误

女人哭了。

男人哭了。

哭后，俩人就抱在一起，在铺着苇席的炕上滚着。

男人用粗壮的双臂，把女人揽在胸前，说："豆子，我得跑了，不跑就得被抓壮丁。"

叫豆子的女人说："如今就剩这条路了，你跑吧！"

男人说："可我舍不得你呀！"

女人就恶着声，说："儿女情长的男人做不了大事！"

男人听后，低下头又抬起头，说："今晨就跑，在外混好了就来接你。"

"哎，俺等着。"女人说。

清晨，男人再次实实在在拥抱了女人一次后，就从后菜园的小门走出，踏着湿漉漉的叶子走去了。

男人走后，女人趴在苇席炕上又哭了一回。

男人走后，女人在家揪着心过日子。偶尔有枪声从不算遥远的地方传来，女人就低头，就默默地祈祷，保佑男人在外平安无事。

没有男人在家，女人的日子是挺难支撑的。男人走以后，豆子女人就添了苇子沟许多男人的心事。但豆子就是豆子，豆子冰一样的性格，叫许多有心事的男人也无了心事。

豆子女人有一表哥，在县城谋事。表哥常来苇子沟找豆子，也几次想与豆子亲热一下，但都被豆子的那双喷火的眼睛逼退了。

表哥就每次在豆子女人的门前大声喊："豆子，你傻呀！你等那个男人，那个男人能等你吗?”

豆子女人不语，那双好看的眼睛呆呆地望着遥远的天际。望着，就有泪汪在眼里。

一天夜里，窗外夜空中的月亮很大，也很圆。豆子和自己的男人抱在一起，在铺着苇席的炕上滚动着。

豆子问男人：“你想我没有?”

男人说：“天天想，夜夜想。”

豆子就激动地把男人抱得很紧。

当豆子觉得胸膛一阵灼热之时，就突然从梦中醒来。

醒来的豆子就真的发现有一个男人在自己的身上。豆子看清了这个男人是表哥，就想把表哥推下身去，但怎么也推不下去呀!

豆子就抱紧了表哥。

表哥就更加疯狂了。

豆子流着泪，喃喃道：“就这一次……就这一次吧?”

这是豆子女人在男人走了五年以后发生的事情。

五年整六年初的某一天下午，豆子的男人回来了。豆子男人在外发财了，是一个很有钱的盐商。

踏上故土，就有儿时的朋友很义气地告诉豆子的男人，说豆子和她表哥的事。

豆子男人听了，一笑，说：“有没有那事我不在乎，豆子也是人。”

豆子男人回到家，豆子就扑到男人怀里哭了。

男人说：“豆子，这几年可苦了你了。以后就会好了。这次回来接你，就是去享福。”

豆子不住地点头。

男人就问：“豆子，有件事希望你诚实地回答我。在我走后的五年，你和外面的男人有过那事吗?”

豆子的脸就一下夕阳般地红，说：“有，就和表哥有那一次。”

男人听后，就像泄气的球瘫在那里。

男人想了好久，就扔给女人一根很细的绳子。

夜里，豆子女人就死在了自己男人扔给她的那根细绳上。

豆子的坟埋在苇子沟的北山上。每年，豆子的男人都回来一次，为豆子烧好多的纸钱。

豆子的男人每次都跪在豆子的坟前，大放悲声：“豆子呀，豆子，你干吗要那么诚实地对我讲出那事呢？别人怎么讲我都不在乎，在乎的是你不该亲口对我讲出那事呀……”

狗　子

这是苇子沟解放以后的事。

苇子沟解放后的第三年，狗子娶了妞子。

妞子嫁给狗子后，才知道狗子有病。

那夜，狗子呜呜哭。

妞子也哭……

后来，狗子就劝妞子改嫁。

狗子说："妞子，改嫁吧！你还年轻，我不能连累你和我受一辈子窝囊罪。"

妞子听后就扑在狗子的怀里，连说："不改，不改！"

妞子就没改嫁，妞子和狗子实实地过日子。

到了夜里，狗子就长吁短叹闷闷不乐。

这样，妞子和狗子就过了八年。

后来狗子想，这太难为了妞子，就又劝妞子改嫁，妞子照样不依。狗子被妞子的好心肠感动得不知说啥是好，有时真想给妞子跪下磕几个头。

这以后不久，狗子就去了铁匠房做工。

铁匠房有个刘二，年纪和狗子不相上下，人挺机灵，常在狗子面前大哥长大哥短。狗子就和刘二好起来，常把刘二请到家里来喝酒。

一次，打完活，狗子和刘二坐在铁匠房里歇息。许是寂寞，俩人聊起女人。

刘二对狗子说："大哥，你这辈子算行了，找个俏媳妇！"

狗子叹气，说："俏有何用，到现在还是个……大哥有病。"

狗子说完就低下头。就不再言语，就像是在想什么……

狗子听说县城有治他这病的医院，狗子就去了县城，妞子独自在家。躺在床上的妞子想着各种事情，不知不觉中进入梦乡。她梦见狗子的病治好了，俩人抱头痛哭后，就开始了那种事情。

狗子把她压得几乎喘不过气来，她把狗子抱得很紧。俩人几乎都有意要把八年来的遗失，在这一夜间全部补偿回来。突然，一阵疼痛使她从梦中惊醒，醒来后妞子发现自己的身上确实有一个男人，借着窗外的月光，她认出是刘二。

事过之后，妞子呆愣愣地望天棚，望会儿就哭了，她想起在外治病的男人狗子。

狗子治病未归，刘二又来过几次。

一天，在外治病的狗子归来。一进屋，狗子就兴奋地喊："妞子，俺的病治好了！"

妞子听后险些昏过去……

狗子成了真正的男人，妞子怀了身孕，孕后数月生一男孩，取名小狗。小狗刚满月，狗子就抱在怀里，逢人便说："看我儿子小狗多俏，模样和他娘一样！"

狗子这样说时，妞子的脸色就显得很痛苦。终于一个月黑之夜，妞子因为狗子一辈子也不会知道的原因，跳进了苇子沟那个最深的苇塘。

狗子悲哀了一阵子。

后来，狗子就自己领着儿子小狗过日子。

苇子沟的人劝他再娶，狗子摇头说："不，俺忘不了妞子！"

麻　五

姥姥说："人生最大的痛苦，莫过于感情上无法弥补的缺憾。"

接着姥姥就给我讲了下面的这个故事。

那时的苇子沟方圆几百里都有人知晓的。苇子沟有个叫麻五的，那年他十八岁，瘦瘦的干巴的脸上布满米粒大的坑坑，那是小时候出"花疹"爹娘没精心侍弄留下的。

麻五当时给苇子沟的大户刘振奇家做长工。刘家的大小姐小香子那年也十八岁，长得俊俏，叫人看一眼，就想再看第二眼。

天晓得，麻五不知中了哪门邪，竟看上了小香子。

一天傍晚，小香子坐在院内的石凳上乘凉，麻五在担水。担完水后，麻五就走到小香子身旁。

好一会儿，小香子才发现身旁站着麻五。小香子就不耐烦地问："麻五，你到这儿做啥?"

"陪你。"麻五毫不犹豫地说。

"陪我？咯咯咯……"小香子笑得前仰后合。

"嗯，俺想娶你。"麻五说。

"什么?"小香子不笑了，转瞬间那本来就很大的眼睛就瞪得更大了。

"是，俺想娶你。"麻五的口气更坚定。

小香子就"啪啪"给了麻五两嘴巴，打得麻五愣愣的。

小香子说："娶我，下辈子吧！不看看你那麻脸，不看看你那穷家。告诉你，再打俺的主意，小心叫俺爹把你打发了。"

小香子说完就气鼓鼓地要走，麻五拦住，说："我知道这事肯定不成，但俺说出后，死也不悔了。"

麻五说完就进屋睡觉去了，小香子却站在院内呆呆地愣了半天。

不久，小香子就出嫁，嫁给了苇子沟的第二大户刘大头家的四儿子刘虎。

嫁出一年后，小香子给刘虎生了个姑娘。生下孩子不久后，小香子就患了病。有一个走街串巷的老中医给小香子诊治，说小香子患的是一种妇女病。老中医给小香子开一种药方子，方子里有一种草叫香香草，这香香草必须到离苇子沟五里路以外的奶头山上去采。

奶头山素以高且陡峭闻名。

小香子的丈夫不敢去采，苇子沟的人也不敢去采。人们说："那是个连山羊都上不去的地方，弄不好会把命丢了。"

几天后，不幸的事情发生了，人们在奶头山下抬回了麻五的尸体。小香子去看时，发现麻五的手里紧紧地攥着一把香香草。

小香子立时就昏了过去。

有人说："麻五是在采香香草下山时，抓着的那根树藤突然断裂才丢了性命。"

后来，小香子服了用香香草配制的中药治好了病。病愈后，小香子就失去了生育能力。

丈夫刘虎休了她，她抱着小姑娘回了娘家，从此就没有再嫁。

故事讲完后，姥姥哭了，哭得很伤心。

后来听妈妈说，故事中的那个小香子就是我姥姥。

猎 人

远处时不时响起隆隆的炮声，枪声也一个劲地像炒豆似的噼噼啪啪。

刚从外面到苇子沟避风的那个猎人对村里的人说：“无要紧事就别到处走，那边打得紧着哩！”

猎人在苇子沟住下后，就常去熊瞎子沟打猎。

猎人好枪法，说打熊瞎子的眼睛就绝打不上鼻子。猎人每猎一物，从不独食，将肉煮熟后，送这家一碗，那家一碟。苇子沟的人吃着喷香的肉，啧啧夸道：“猎人心肠好！”

一日黄昏，村东的黄土岗上尘土飞扬，伴着一阵马蹄声日本兵开进了苇子沟。

苇子沟顿时鸡犬不宁。人一阵骚动。

猎人就挨家挨户告诉：“莫慌，莫慌！”

是夜，全苇子沟人无事，日本兵在这里住了下来。

又一日，日本兵把苇子沟人赶到大院。日本小队长要吃熊肉，硬逼着前排的二子爹带日本兵去猎熊。

二子爹不答应。日本小队长就气得叽里咕噜地乱喊，指着架在房顶上的机关枪对全苇子沟人说：“不带路的，你们统统死了死了的！”

人群仍一阵沉默，日本小队长刚要对架机枪的日本兵下令，站在后排的猎人却突然走出去，对日本小队长点头哈腰地说了几句什么。

日本小队长哈哈大笑，并对猎人举起了大拇指。

苇子沟的人被解散了，都知道是猎人答应带日本兵去猎熊，人们就一个声地骂：“孬种！软骨头！汉奸……猎人心肠坏！”

猎人带日本兵上路了，村里人恨得咬牙切齿，恨得真想近前捅猎人几刀子。大伙说：“宁可全村人都被机枪扫死，也不当那狗奴才。”

从此，苇子沟人待猎人再不是和和气气，都冷眼瞧他，骂他。后来不知哪日，猎人竟神秘地失踪了……

不久后的一个子夜，苇子沟突然响起枪声，子弹“啾啾”地怪叫到拂晓才停下来。

日本兵被打得死的死，逃得逃，苇子沟人盼望的八路军队伍开进了城。

连长找到苇子沟的人问：“你们苇子沟来过的那个猎人呢?”被问的人摇头说不知道。

有几个年轻的后生跑来对连长说：“那小子他妈的当汉奸，被我们骗到地窖里把他给闷死了。”

“什么?!”连长听后大惊，从枪套里霍地抽出枪：“娘的，我毙了你们!”

枪口对着年轻的后生，连长的手在颤抖。最终，连长还是把枪慢慢地举过头顶，喊声：“指导员!”就对天连放了三枪。

一个小兵告诉苇子沟的人，猎人是他们的指导员，奉上级命令先到这里保护群众的。

连长在苇子沟的北山，为猎人立了一块墓碑后，就又带着队伍向南进发了……

死　谜

我三姑居住的那个村叫赵村。

我三姑十八岁就嫁给了赵村的赵清林。之后，就随赵清林回到他老家河南开封的乡下。

九年后，我三姑又一路艰辛，从河南开封的乡下，回到东北哈尔滨以南的赵村。

回来的三姑，带回三个孩子（都是女孩），她丈夫赵清林却因肺病死在开封的乡下。

当时，我奶奶盘着双腿，坐在炕上，嘴里含着铜杆大烟袋，一口一口地吐着烟，对一脸忧郁的我三姑说："犯不上愁，啥事都是个命，赵清林若不回开封，兴许还不能死。守着孩子过吧！"

我二十七岁年轻美丽的三姑，就含着泪向母亲点点头，领着三个孩子过起灰蒙蒙乌云般凝重的日子来。

我三姑习惯了每天的日出而耕。天刚放亮，坐落在平原地带的赵村就被朝雾笼罩着，当日头冲破雾霭，把第一片玫瑰色朝霞射向地平线的时候，我三姑早已做了好些时辰的活儿。

赵村人都说我三姑做活儿不亚于男人。

赵村人都说我三姑命苦。

赵村人说这么能干的女人，不能就这样苦苦地熬日子。

赵村人就劝我三姑再嫁，说那个铁匠怎样能干，这个木匠怎样年轻，我三姑都没动心，始终冷着那张年轻美丽的脸。

后来，我三姑二十七岁的心灵受到强烈的震动，完全是夏末秋初玉米地里的那场不大不小的诱惑。

那天上午，天空一直灰沉沉，潮湿的雾气弥漫着田野。我三姑去玉米田掰苞米，刚掰了几棒苞米，就听见玉米田里的不远处有一阵窣窣窸窸的声音传来。我三姑就顺着声音走几步，映入眼内的情景就麻木了我三姑。

我三姑在玉米田里，看到一个男人和一个女人，在灰沉的天宇下很真实地扭动着……

就在这一天的夜里，我三姑望着窗外黑黝黝的夜空，很久。

就在这一天的夜里，我三姑在梦中，又很真实地见到了玉米地里那团扭动的白肉……

很快，到了收割的日子。

秋日的天空很辽阔。我三姑在湛蓝湛蓝的天空下，在金碧辉煌的麦浪起伏中，扭动着丰腴的体态挥臂收割。

空中有排成人字形的大雁向南飞云，我三姑伸展腰，目光随着大雁，直至大雁渐远，三姑才眨了下酸涩的眼睛，又屈下腰来。

这时，三姑感到有人在望她，三姑就再伸展腰也望那人。

那人站在麦地的头，向她望，望得很痴。

我三姑看清望她那人是本村的唢呐刘。唢呐刘有些本事，唢呐吹得脆响，三村五里有个红白事都上门请他唢呐刘。

唢呐刘曾当着我三姑的面，说要娶她，都被我三姑那张冷冷的脸逼出门。

秋日的天空下，我三姑望着唢呐刘，脸上便有瞬间的红晕滑过。

望会儿，我三姑不再望，弯腰继续收割。

唢呐刘也不再望，挥着镰从麦地那头向我三姑这边割来。

不一会儿，唢呐刘的镰刀就碰到我三姑的镰刀。

我三姑和唢呐刘同时伸展腰。我三姑阴着脸，问唢呐刘："谁叫你帮我来割?"

唢呐刘挺起被汗水洇湿的脊背，说："是我自己愿意做。"

三姑就无言，美丽的脸又漫过朝霞般的红晕。

唢呐刘对我三姑说："你嫁给我吧，我不会叫你受这样的累!"

三姑听后，双眼闪出奇异诱人的光，但不一会儿后，那种奇异诱人的光就又黯淡下来，对唢呐刘说："嫁不嫁你由不得我呀！"

唢呐刘听后，一脸的无可奈何，一步三回头地走出闪着黄幽幽晕光的麦田。

几天后的夜里，我三姑走出小屋，来到收割后的田野。田野一片静寂，偶有秋虫在鸣。秋夜的风撕扯着我三姑那乌黑的发。我三姑把飘在额前的发掠在脑后，望着生长了一个季节的庄稼，几天之间就被收割得空空旷旷，我三姑的心里就感到一种莫名的虚空，就盼着明年的那个播种季节早日到来。

远处村庄的狗在叫，近处觅食的野鼠在悄悄地爬行……又是一阵莫名的虚空，骚扰了我三姑二十七岁的很辉煌很灿烂的生命哟！

秋天的夜里，我三姑哭了，她想起死在开封乡下的丈夫赵清林……

转年，三月的风吹开冰冻的河床，随着溪水潺潺之声，我三姑盼望的那个播种季节到来了。

然而，没有想到，我三姑就是在这个季节，用一根细细的绳，在自家的屋内结束了她年轻美丽二十八岁的生命。

出葬那天，当装着我三姑的大红棺木抬出赵村时，一阵唢呐的哀鸣就在村内响起来。赵村人都看到唢呐刘的脸上，有泪水像断线的珠子，随着唢呐的哀鸣从他眼角的深皱里往下滚……

三姑的死，在赵村成了解不开的谜，赵村人怎么也弄不明白我三姑究竟是为什么而死，就连我奶奶、爸爸、大姑、二姑，也说不明白。

事情过去十几年后，当我和已成了家的大表姐谈起我三姑的死时，大表姐也说不明白自己的母亲，当时为什么竟那样狠心，扔下她们姐妹三个去了另一个世界。

大表姐说："现在想起来，我妈死时的前几天是有些迹象的。那几天，我妈总在我面前叨咕这样活着没意思之类的话。"

听完大表姐的话，我突然很自信地感觉到，只有我才能揭开我三姑的死谜。

张三的悲剧

张三这人特老实，老实得见女人说一句话脸都红。

因此，生得颇有几分姿色的老婆就很瞧不起他，还常奚落他：“你呀，安个尾巴就是蠢驴！”

张三听后也不恼，还嘿嘿地笑。

就这样的一个主儿，在外面居然还有了情人。

这事是张三自己对朋友李四讲的。

那天傍晚，下班后，张三约李四去酒馆喝酒。

酒至半酣，张三对李四说：“哎，哥们儿，我有了情人，挺漂亮的，比我老婆强百倍！”

李四听后，面露一脸的惊讶状，问：“什么？你刚才说你有了情人？”

张三挺挺腰，很自豪地说：“对呀！”

李四又问：“你这不是喝醉酒顺嘴胡编吹牛皮吧？”

张三说：“哪能是吹牛皮，我的酒量高你又不是不知道。”

由此，李四就认为张三讲的话是实话了。

由此，至今还是光棍汉的李四就无比地嫉妒起张三来。

李四就说张三：“瞧你小子这副德行，还怪他妈的有艳福呢！”

张三听后就又嘿嘿地笑。

笑后，张三挺严肃地对李四说：“刚才我讲的，你千万别对我家你嫂子讲。她要知道了，不扒我身上的皮才怪呢！”

李四拍着胸脯子，说：“放心，这事我在嫂子面前绝对给你保密！”

张三就感激地点着头……

然而，此事后来还是被张三的老婆知道了。

张三就去找李四，指责李四不够哥们儿意思，不该背着他把那事对他老婆讲。

李四一脸的委屈状，上指天下指地，死不承认是他把那事对张三老婆讲的。

张三无奈，只好摇头离去。

这时，张三的老婆和张三就开始闹离婚。

张三向老婆求饶，老婆也不给面子。张三给老婆跪下，老婆更是看都不看一眼。

张三见老婆动真格的了，就对老婆讲了实情。

张三说："我要是有情人遭五雷轰顶，我那是编出的谎言来骗你的。"

接着张三就对老婆讲出了自己在家里被她瞧不起，就编出了有情人的谎言，给她施加压力，制造危机感，叫她瞧得起自己。还说他知道李四会对她讲的，就故意把编的谎言讲给李四听。

张三的老婆听完张三的叙述后，就更加气怒起来，指着张三说："得了，我可不是个小孩子，你刚才讲的话才是真正的谎言呢!"

张三就只好再解释，但任张三怎么解释，老婆也不相信，只相信张三有了情人。

张三的老婆就和张三离了婚。

张三离婚后，李四就对别人说："瞧张三那副驴样，还吹说有情人呢!当初他对我讲那事时，我就压根没信，谁能瞧得上他!"

不久，张三的老婆就嫁给了李四。

爱吹泡泡糖的女孩儿

女孩爱吹泡泡糖。

女孩的嘴里就总嚼着泡泡糖。

女孩吹泡泡糖时，两只乌溜溜的黑眼睛一转，上下牙齿轻轻一嚼，口中就吹出一个很圆的大泡泡。

这时，男孩子们就对吹泡泡糖的女孩说，你呀你真会吹，如果咱们这个小城搞一次吹泡泡糖比赛，你准会拿大奖。

女孩听后，伸下舌头，脸上浮出很惬意的笑。

女孩背着双挎肩书包上学时，嘴里也嚼着泡泡糖。不嚼泡泡糖就唱歌，唱“我想唱歌不敢唱，小声哼哼还得东张西望。高三啦还有闲情唱，妈妈听了准会这么讲”。读完高三，女孩高考名落孙山。

在家闲着的滋味不是那么好受，女孩感到日子好无聊好无聊。女孩就去歌厅唱歌。女孩唱《默默的祝福》《明天你是否依然爱我》。女孩唱歌时一脸的落寞，神态很认真，给人一种难以名状的感动，把一些失恋的男孩唱得泪流满面。女孩就掏出手帕，很坦诚地为失恋的男孩擦去脸上的泪花。之后，女孩就说，干嘛呀！哭，算是男子汉吗？其实，我们都是这个世界上的孤独人。我自小失去双亲，是别人抱养大的…… 女孩说到这里，自己竟也控制不住哭了起来。

一天，窗外有雨。女孩在淅淅沥沥的雨声中吹泡泡糖。吹着，吹着，女孩就挺成熟地想，日子总不能在吹泡泡糖中一个又一个地吹灭吧？于是，女孩就带着学费去省城拜师学烫发…… 学艺期满，女孩就返回小城，在一家旅馆的前厅接待室租了一小块地方，开了一个“泡泡糖发屋”。

泡泡糖发屋开业了很长时间，女孩的生意也不见兴隆。女孩就很仔细地想：要想生意兴隆，必须研究出在小城特别新颖的发型。女孩就开始天天研究发型。研究一个月左右，女孩根据小城人的审美要求，研究出一种很适应小城人的春夏秋冬四季发型。女孩率先做起这种发型。然而，女孩的一番苦心，却没有得到小城人的赏识，一天的时间里，也只是零星来几位顾客，更多的时间女孩是坐在发屋的凳上吹泡泡糖……

小城金秋节到来的前夕，市里烫发协会组织了一次“迎金秋理烫发大奖赛”，女孩报了名。

在比赛中，女孩在小城独一无二的春夏秋冬发型，赢得了大赛评委和专家们的一致好评。女孩在二十多位参赛者中名居榜首，拿了大奖。

从此，“泡泡糖发屋”备受小城人的青睐，每天的顾客络绎不绝。还有来拜师学艺的，来建议女孩开办理烫发学习班的。

然而，就在“泡炮糖发屋”生意红火之际，女孩却自行闭店休业了。

不久，人们就又看到女孩在蓝色的天空下，吹着泡泡糖，背着双挎书包，哼着歌上学了。这时，人们才明白，女孩又重读了。

有人就说女孩，你真傻，该赚钱的时候却不赚了。

女孩听后，就又很习惯地伸下舌头说，我现在的年龄正是不该赚钱的年龄。说完，女孩两只乌溜溜的黑眼睛一转，上下牙齿轻轻一嚼，一个很圆的大泡泡就又从口中吹出来。

岗位

他下海近一年了。

他办的公司挺赚钱，生意越来越红火，公司里的人每天都忙得不可开交。

于是，他回家就动员妻子辞职到他的公司里来帮忙。

这事，他和妻子谈了好多次，都未谈成。

他妻子不愿离开自己工作了二十多年的教师岗位。

这天，他又和妻子谈。

他说："淑云，你把工作辞掉，到公司里来工作，趁着咱俩都不算太老，赚点钱，到老那一天就无后顾之忧了。"

她听后，摇摇头，说："不行，我想了好多天，怎么也舍不得离开自己的工作，也许我太热爱教师这个职业了。"

他说："你这人怎么这样固执？教师的职业有什么可热爱的。一年就一个教师节，顶多给一个磁化杯什么的，有什么意思！再说了，一个月的工资，还不如我每天宴请客人，赏给酒店小姐的小费多呢！"

她笑了笑后，对丈夫说："一个人热爱自己的职业，是和金钱毫无关系的。比如我们的校长，他的教龄比我还长，可他的月工资收入还比不上银行刚上班几年的职员！但他仍然做自己的校长工作。你知道这是为什么吗？原因很简单，我们的校长和我一样，热爱自己的职业。"

他也笑了笑后，对妻子说："什么热爱自己的职业，纯属神经病！金钱对人的诱惑力最大。我就不相信，一个连金钱都不热爱的人，还能热爱什么?!"

她说："你认为我是神经病，这很正常。因为一个视金钱万能的人，除了金钱之外，对什么都是麻木的。”

她又补充一句话：“我的选择你无法理解！”

他说：“我们都不要毫无意义地争论了，你就说辞不辞职？”

她说：“不辞，绝对不会辞职。”

他站起来，显得有些气愤，指着她不无嘲讽地说：“哼，你真是人民的好战士，生命不息，战斗不止呀！”

她说：“好战士算不上，起码可以算一个合格的战士。”

他踱着步，想好久，终于说：“你这么固执，我也没办法，咱们离婚吧！”

她听后，瘦弱的肩头一颤，问：“离婚？”

“对！离婚！”

“我们都是四十几岁的人了，最好不离婚。”

“那你就辞职。”

她眼里涌着泪，咬一下嘴唇，说：“好，我们离婚吧！”

她又说：“我搬到学校去住，你办手续吧。办好后，找我签个字。最后求你一件事，咱们离婚的事，暂时别告诉女儿，她在外读书，会影响她学习的。”

说完，她双眼含着泪，走进卧室收拾东西去了。

他坐在沙发里，一根接一根地抽烟。

不一会儿，她红肿着眼睛，走出卧室。她肩上挎着一个兜儿，手里拎着一个红绸布的小包。

他见后，挺惊讶地问：“我怎么从来都没有见到过咱家有这样的红绸布包呢？”

说着，他走过去很细地瞧这包，还用手摸这包。他摸到包里有一堆很细碎的硬体物。

他就接过这包，准备打开这包。

他还解释说：“我这不是小心眼的检查，是好奇，请你理解。”

她说：“绝对不是金子。”

包打开了，他目瞪口呆。

包内竟是数千个很细小的粉笔头。

见他困惑不解，她就解释说："这是我从教生涯中，每教一节课的记载。这里面有多少个粉笔头，就是我给学生们上了多少节课。"

她接着又说："我要看一看，自己这一生到底能给学生们上完多少节课。"

见她说得这样痴迷，他就非常感动地把包给重新系好，然后又把包给拎回卧室。

走出卧室，他就握住妻子的手，说："我终于理解了你的选择。"

听后，她扑进丈夫的怀里，很委屈地哭起来。

后来，她就一直在教师的岗位上默默地耕耘着。

几年以后，省报上一篇《春蚕到死丝方尽》的文章，介绍了一名叫陈淑云教师的优秀事迹。

文章说："陈淑云老师一心扑在教育事业上，多年劳累成疾，直到生命的最后一刻，还坚守在自己的岗位上，给学生们上完了最后一课……"

与一瓶茅台酒有关的爱情

这个故事发生在七十年代初。

那一年，我刚刚参加工作。不久，便跟同一个车间里的女孩雪雪恋爱了。

雪雪性情温柔、模样清秀，笑起来嘴角总会漾起一对小酒窝。厂里追她的小伙子可不少，但雪雪却偏偏喜欢上了我，这让我的生活每天像喝了蜂蜜一般甜滋滋。

可是有一天，在我跟雪雪约会时，雪雪眼里竟涌出了亮晶晶的泪花。我见不得雪雪伤心，便忙追问她发生了什么事，雪雪就说她把我们的事告诉了家里，可她的父母不同意我们交往。

我问雪雪为什么？雪雪说她的父母让她嫁给一位年轻的军官。听了雪雪的话，我的心一下跌入深渊，我不想失去雪雪。雪雪看出了我的焦虑，她不停地安慰我，雪雪说不管父母同不同意，这一生她都要跟我在一起。雪雪一直是个孝顺懂事的女孩，我不希望她为了我，跟家里闹翻。

回到家我愁眉紧锁，不知该怎么办才好。哥哥看出我的情绪不大对头，逼着我道出了心里的秘密。听我说完，哥哥拍了拍我的肩说："傻小子，光着急不行啊，得想想对策。你知不知道，雪雪的父亲最喜欢什么，你得给未来的老丈人打打溜须才行啊！"我想想了说："对了，我听雪雪说过，她父亲最喜欢喝酒。"哥哥说："那成啊，咱就投其所好，给他送酒，你再嘴巴甜点，会来点事儿，这事儿准成。"

选了一个日子，我提了两瓶普通的白酒，还有点心和水果到雪雪家登门拜访。雪雪见到我喜出望外，可是雪雪的父母对我却非常冷淡，那一天，几乎没有给我任何一个表现自己的机会。

最后，我只好怏怏地离开了。

第二天，从雪雪那里传来了坏消息，她的父母还是坚决不同意我们的婚事。听到这个消息，我的心情坏到了极点。

无奈，回到家我只好跟哥哥再度商议对策。父亲听到了我跟哥哥的对话，他什么也没有说，思忖了片刻，转身回到里屋拿来了一瓶茅台酒，并对我说："孩子，这瓶茅台酒我珍藏了好多年，一直舍不得喝，你拿去送给雪雪的父亲吧。"

于是，我带着这瓶茅台酒，怀着忐忑不安的心情再次走进了雪雪的家。这次，见了茅台酒，雪雪父亲的脸上终于露出了笑容。

不久，从雪雪那里传来了好消息，我们的婚事就这么成了。

一瓶茅台酒竟促成了我们的婚事，这让我和雪雪觉得这就像一个谜，且一直不曾解开。

在岳父六十岁的生日宴上，生活已经好起来的我们，买来了一瓶茅台酒，启开，斟满一杯后敬给岳父，并斗胆问他老人家："我一直不敢问您，二十年前那瓶茅台酒对我和雪雪的婚事就那么重要吗？"听完我的话，岳父正了正圆领阔襟，面色红润、笑声朗朗地说："孩子，说了你也许不信，那瓶茅台酒当年那可真是大长我面子呀！"

原来，那瓶珍贵的茅台酒岳父也没有舍得喝，而是派上了大用场。

岳父有个"发小"，他的女儿与女婿两地分居，生活十分艰难，经常回家哭诉，弄得他很上火，四处求人想把女婿调回来，好不容易找到主管调动的领导，却为送礼犯了愁，那位领导是个老革命，平常没有什么爱好，只是嗜酒如命，尤其喜欢喝茅台。

据说，如果不是这个原因，这位领导仕途上可能早升到省级了。那个年代，在我们那个小县城，上哪儿去弄茅台呢？我岳父知道他"发小"的难处，自然竭力帮忙，到处求人弄茅台酒，而我那个当时远在外地当军官的"情敌"，却没能满足岳父想要一瓶茅台酒的要求，于是，当我的那瓶决定工作调动成败的茅台酒摆在了岳父"发小"家的桌上时，那一家子人的惊喜与感激就可想而知了。

我听后沉思良久，怎么也不会想到一瓶茅台酒对我和雪雪的爱情，当时竟产生了那么大的作用。

美　好

父亲节的前一天，我乘车去看望住在城郊的父亲。

父亲虽然住在城郊，但是那儿的条件很好，社区被人称为富人区，住者大都是城里的离休干部。

他们退下来之后，儿女为其选择了空气清新、环境幽静的城郊作为颐养天年的好地方。

班车上大多是从城内返回来的老人。

车厢里气氛融洽，大家很随便地交谈着。

因为车上阿姨居多，所以大家聊的无非是哪家超市的吃食特价，或是自家儿女、孙儿等趣事。

挨我身边坐着的是一位小个子阿姨，花白头发，肤色也很白。她本来在眯眼休息，听聊到了儿女的话题，就坐直了身子，来了兴致。

这位阿姨嗓子尖亮："现如今都说养女儿好，女儿贴心，孝顺父母，我却觉得养儿子好！"

邻座一位带着眼镜的胖阿姨摇摇头说："儿子再好，也是比不得女儿细心的，老姐姐。"

话音刚落，便听见有人附和着："女儿好，女儿细心"。

小个子阿姨也笑了，说："都好，都好。谁家的儿女都是好的，我只是对我的儿子特别满意。"

大家一笑，也就过去了。

不过邻座的胖阿姨似乎特别不以为然，她带着一口浓浓的江南味慢声细语地说："老姐姐，那说说你家的儿子怎么个好法吧，也好让我们大家好好羡慕羡慕！"

这话虽说没什么特别的意思，但让人听起来觉得不是那么舒服。

小个子阿姨的脸腾地红到了耳梢，她紧紧地攥住了手中的塑胶袋。

小个子阿姨说："我家的儿子好，儿媳也好，儿子每个星期都带着媳妇、小孙子过来看我，一过来就买好多的青菜、水果、海鲜等，把冰箱填得满满的。"

她接着说："我儿子个高，一米八的大高个呢！模样长得也帅气着呢！看了就让人喜欢。每次回来都抢着做家务，什么都不让我做。我儿子是军人，洗衣服特别干净，白衬衫比我洗的还要好得多呢！我家小孙孙和他爸爸小时候长得一个小模样，小家伙可淘气了，我就喜欢我家淘气的小孙孙，越淘气越健康！"

小个子阿姨边说边笑，满脸的慈爱，脸色也红润多了，看起来很美。

终于，小个子阿姨结束了这个话题，把头望向了窗外。

车厢里又有其他的阿姨捡起这个话题，说起自家的宝贝孙子是多么的惹人欢喜。

原来天下的母亲是一样的，说起自己的儿女时，便都能想起千种万种的好，说也说不完。

这让我想起了我已过逝的母亲，她是不是曾经坐在公园的椅子上，一脸慈爱地和邻居们说着我的好——尽管我做得并不够好……

听着阿姨们的话，我的眼角有些湿润。

我偷偷地看了一眼我身边的这位小个子阿姨，虽然光阴已带走了她的韶华，但脸上那些细琐的皱纹却让我觉得她依然是那么的美丽。

车到了终点站。下车后，我的步子迈得很大，走得也快。我去社区超市买了一些父亲平时爱吃的主副食。

出来的时候，我看见了小个子阿姨，她在我前面不远处慢慢地走着，她手中的那个大塑胶袋把她的身子衬托得更加弱小。

她在社区养老院的楼前停下，将左手提着的塑胶袋换给右手后，这才走了进去。

我有些茫然，并且有些不知所措。

有风吹来，好似一下吹醒了我。

凶　手

胡小琴最近心里有点烦。

烦的原因是因为前几天的那次同学聚会。

那次的同学聚会，女同学们好像不是来同学聚会的，倒像是来参加时装比赛的，个个穿得新潮又雅致，风姿绰约，款款而来。

甚至，有几个女同学是驾驶私家车来的。

相比之下，胡小琴觉得自己的穿着有些寒酸。

酒过三巡之后，几个女同学就面若桃花，神采飞扬了。

和胡小琴曾经同桌的那个女同学肖美丽，还凑到胡小琴耳边悄声说："小琴，就你这漂亮的脸蛋，怎么能把日子经营成这样，真是糟践自己了……"

回到家里，胡小琴照着镜子，看着镜子里的自己，自言自语：这脸蛋真的能改变什么吗？

想了半天，胡小琴一脸的茫然。

女人之间怕比。这一比胡小琴才知道，自己结婚七年，除了添了一个儿子之外，其他什么也没有添置上。

女人的幸福是用物质包裹起来的。

显然，胡小琴在物质方面是困窘的。

胡小琴的丈夫是个普通职员，工资低，单位又不怎么景气，用丈夫的话说：能维持开工资就很知足了。

丈夫每天下班就回家，不抽烟，不喝酒，最主要的是很听胡小琴的话。

从前，胡小琴认为丈夫是个好男人，但自从同学聚会后，尤其后来受肖美丽之邀，和她参加过几次酒局，见到了几个财大气粗的男人后，她才知道丈夫不是个好男人，至少不是一个有能力的好男人。

对事物判断的改变，使胡小琴彻底地转向了生活的另一条轨道。

人们开始经常在胡小琴家的楼下，发现一个中年胖男人开着奥迪 A6 接送胡小琴上下班。

中年胖男人是这个县城的房地产开发商，名叫刘大军，刘大军通过肖美丽的牵线搭桥后，就和胡小琴有了暧昧关系。

一次酒后，刘大军拍着胸脯子对胡小琴承诺："我会让你幸福的！"

时间长了，胡小琴和刘大军的关系便被丈夫知道了一些。但丈夫也很无奈，他知道自己仅有一台自行车而没有奥迪 A6。

丈夫叹着气默许了。

由此，胡小琴更加肆无忌惮了，有时竟把刘大军约到家里来缠绵。

一日，胡小琴的丈夫比往日下班早了一些。当他打开房门进入客厅时，从卧室的门缝里，他看见床头上有一个男人的裤头在那里晃荡着……胡小琴的丈夫一下全明白了，他心生怒气摔门而去。

摔门声惊动了卧室里的胡小琴。胡小琴急忙穿衣跑到窗前往楼下看，她看见丈夫推出自行车疯了一般骑向路口。

胡小琴回身对穿上衣服的刘大军说："他发现了我们在卧室……"

刘大军说："怕什么，他又不是不知道咱俩的这种关系。"

半个小时后，坐在家里的胡小琴接到了交警队的电话。

交警队通知胡小琴，他的丈夫出了车祸已经死亡。

在医院的太平间里，胡小琴趴在丈夫的尸体上，望着丈夫血肉模糊的脸哭得死去活来。

在交警队，胡小琴见到了那个肇事司机。司机对胡小琴说："反正人都死了，责任都是我的。可……我也没见过那种骑法呀！疯子一样，头不抬眼不睁的就是一个劲地往前骑……"

听罢，胡小琴的心像刀剜一样，有泪水流下面颊。

料理完丈夫后事的一天晚上，胡小琴把儿子安排到姥姥家，然后她把刘大军约到家里来。

胡小琴做了几个菜，又买来白酒、红酒、啤酒。

酒桌上，刘大军兴奋地对胡小琴说：“宝贝，我们现在没有什么障碍了，可以自由自在地相爱了。”

胡小琴不语，只是不住地劝酒。

胡小琴和刘大军喝完白酒喝红酒，最后又喝啤酒，喝得天昏地暗……

两天后，胡小琴的儿子在家里的客厅内，发现了胡小琴和刘大军已经僵硬的尸体。

经警方尸检：在胡小琴和刘大军的胃肠内，发现了剧毒药液。

当胡小琴和刘大军的家人向警方追问凶手是谁时，刑警队长意味深长地说：“凶手是他们自己。”

亲情树

很久很久以前，在一个遥远的地方，有人种下了一棵不知名的树，经风历雨这棵树越长越茂盛。待许多年后，有人经过这个地方，发现了这棵特别的树，大树穹枝环抱，每一个枝干都如同手足兄弟一般紧紧地相拥在一起，状甚亲密。于是，这个人灵感突发，给这一古树穹枝起了一个温暖的名字——亲情树。

又过了许多年，随着大陆地壳的变迁，这棵亲情树从那遥远的地方迁徙至有人居的所在，它的枝枝叶叶在岁月的更迭中不枯反荣，这棵树似一道温暖的目光，饱含深情地注视着身旁的芸芸众生。

邻居有一对双胞胎男孩，上小学四年级，两个小兄弟的模样长得实在太像了，外人几乎无法分辨。每天早晨当他们手牵手走下楼时，都能听到从他们身后传来的叮咛声："路上小心啊！"这是他们的父亲在不厌其烦地叮嘱他们。被父亲悉心地牵挂，是多么幸福啊！只是这时候以他们小小的年纪，还无法体会这深深浓浓的亲子之爱。

有一天，当父亲老去，他们各自为人父时，他们也会如父亲一般日日在儿女出门前，不忘叮咛："路上小心啊！"他们秉承着父爱，延续着亲子之情。他们的儿女呢？有一天也会如此。于是，一代又一代，亲情树绵绵不息地生长着……

有一次，在路上看到一对行动不便、身体有残障的夫妇吃力地推着一个轮椅，轮椅上坐着一个女孩，那女孩一看就是有智障的，她的双手不停地挥舞着，仿佛要去触摸那高天上的流云，她的嘴里还咿咿呀呀地不知在唱些什么。女孩虽然智障，但看上去却是欢快的，包括这对夫妇也是一样，脸上始终流露着欢快的表情。三个人穿戴齐整而干净。一家人看样子是要去热闹的休闲广场，他们要带着女儿一起去那里看人来人往、看车水马龙，看扭秧歌的、跳舞的，看吹拉弹唱的，他们要跟所有的正常人一样去享受这生活的温馨一刻。别人看他们的眼光很特别，可是他们不怕，依然从容地推着女儿向前走。亲情树护佑着这一家人，让他们在艰辛中感受到生活的暖意萦怀。

有一个大龄男子因为家穷一直没能说上媳妇，最后找了一个小矮人般的女子为妻。这个女子虽然长得小巧袖珍，但却心灵手巧，把家里的一切都料理得井井有条，让大龄男子过上了踏实的日子。后来，袖珍女子生下一个女婴，这女婴长大后也变成了一个小小矮人，虽然这样，父亲还是相当地疼爱他的女儿，为了送女儿上幼儿园、上小学、初中，他可是没少费心思。人家见他的女儿长得怪异，怕影响别的孩子，所以总是拒绝。但父亲不信邪，最后禁不住他坚韧地软磨硬泡，小小矮人姑娘终于如愿以偿地上了幼儿园，而后上小学，现在又读初中了。

为了方便女儿读书，父亲每日风雨无阻地接送女儿。小小矮人姑娘果然争气，在班里她的学习成绩一直名列前茅，老师们都相当吃惊，没想到这孩子除了身体有缺陷，智力却是一点儿没毛病。父亲和妻子早商量好了，只要女儿喜欢读书，愿意读，他们就是吃尽千辛万苦也要供孩子。他们想孩子已经输在起跑线上了，不能让孩子再输下去了。有了文化，学到了知识，女儿的人生总不会没有一点指望吧，父亲就这样每日满怀希望，快乐地接送着女儿。亲情树在花开花落中变得更加枝繁叶茂了……

俗常的日子里，总有一些人、总有一些事温润着我们的目光，湿润着我们干涸的心灵。正是因为有了这些人、这些事，才使得青山不老，岁月常新，才使得扎根于我们心中的那株亲情树化成了不老的神话。

被天使敲开的门

一天，热心为学校卖杂志的小学生杰瑞，向一所几乎被人们遗忘的房子走去。几乎很少有人看见过这房子的主人，因为他难得走出家门。房子的主人是一个性情相当古怪的老人，对周围的人极不友善，仿佛随时都在提防着别人。当邻居们主动跟他打招呼时，他也很少开口说话，只是用眼睛瞪着对方，目光中充满了敌意。

杰瑞礼貌地敲了门，然后静静地等在一旁，门慢慢地被打开了。“小家伙，你想要干什么?”老人苍老而严厉的声音从里面传来。杰瑞对老人说：“先生，您好！我现在正在为学校卖杂志，我来想问一问，您是不是也要买一本这样的杂志?”

杰瑞满心希望老人可以买一本他的杂志，他在等老人开口。这时，透过打开的门，杰瑞看到老人在壁炉架上放了一些小狗的雕像。“您喜欢搜集这些东西吗?”忍不住好奇心杰瑞问道。“是的，我搜集了很多这样的东西，我把它们都当成了我的朋友和家人，它们每天陪伴着我。”老人回答了杰瑞的提问。

此时，看到老人空荡荡、缺少人气的家，杰瑞觉得老人看上去非常的孤独。“您看看我们的杂志吧，这里面介绍了好多可爱的小狗，您这么喜欢狗，看了一定会喜欢的。”杰瑞小心翼翼地对老人说。“小家伙，不要再来烦我，我不需要你的杂志，不需要任何杂志。”

杰瑞感到很难过。

杰瑞忽然记起来，自己家里也有一个很漂亮的小狗雕像，那是去年他过生日时，琳达姑妈送给他的生日礼物，杰瑞一直好好地收藏着。杰瑞想，既然老人那么喜欢小狗雕像，自己何不把这个礼物送给他呢？如果看到了这个小狗，老人一定会很高兴的。想到这儿，杰瑞匆匆赶回家把这份礼物装进了包里，又反身回到了老人的房子前。

杰瑞再次轻轻敲响了老人的门，这一次老人迅速打开门，一看到杰瑞，他就气急败坏瞪着眼说："小家伙，你到底想干什么，我不是已经告诉你了吗？我不需要你的什么破杂志，快走开！""先生，我知道，我不是想卖给您杂志，我只是想送给您一件礼物。"杰瑞红着小脸对老人说。

随后，杰瑞拿出了自己的礼物："这是一只漂亮的金毛猎犬，我家里还有一个，我想把这个送给您。"老人见状，一下子愣在了那里。"什么，这个你要送给我？"老人几乎激动起来，多少年了，从来没有人关心过他，从来没有人送过他这样的礼物，也从没有人对他这样好。"孩子，你为什么要这么做？"杰瑞见老人脸上露出了欣喜的神色，他也高兴起来，欢快地说："因为您喜欢小狗啊！"

就从那一天开始，老人走出家门的次数越来越多，他开始慢慢习惯跟邻居或过路的人打招呼了，他开始接受周围的人，人们也开始接受他了。他和杰瑞成了最好的朋友，杰瑞几乎每周都要去看望老人，还会拉着老人的手，陪老人散散步。有时还会邀上小伙伴们一块儿去看老人收藏的那些可爱的小狗。

杰瑞用他的纯真与善良敲开了老人封闭已久的心门，让老人重新看到了这个世界的美好，也感受到了久违的温暖，老人那颗缺少关爱与慰藉的孤独的心灵，被这个可爱的小男孩重新温暖、润泽了。小杰瑞就像一个天使，用他的小手轻轻地、轻轻地敲开了那道关闭太久的门，他把阳光和快乐带到了门里边，从此永远地改变了两个人的生活。

颜 色

麸子和我是艺术学院读书时油画专业的好友。

那时，我们常常在一起研究瓦西里·康定斯基、Jan Van Mechelen 的画风。麸子尤其喜欢 Jan Van Mechelen。在麸子心中，Jan Van Mechelen 就像一个超凡的舞者，他的舞步看似散漫却又极其精确。麸子是这样认识他的作品的："不是什么关于自由的绘画，而是自由的本身。"

麸子说 Jan Van Mechelen 的绘画艺术继承了一些欧洲的绘画传统，也吸收了西方现代绘画的营养，但在艺术精神上是非常接近东方艺术的，可以说是比较中国化的。

麸子崇拜 Jan Van Mechelen，崇拜得几乎是五体投地。于是，毕业后，麸子便飞往比利时的 Heverlee 继续深造，那里是 Jan Van Mechelen 的故乡。

两年前，麸子回到了小城，这时的麸子已经是小有名气的美女画家，她在 Heverlee 创造了自己独一无二的画风：造型即非完全具象，也非完全抽象，而是界于两者之间的意象造型。颜色的使用上十分大胆另类，在她的任何一幅作品中，你看不到除了白色以外的其他颜色。

麸子在画风上的独辟蹊径造就了她事业上的成功。麸子的画频频获奖，亚洲、欧洲、国内、国际。

和麸子相比，我是不值得一提的小学美术教师。我们的名气悬殊，收入悬殊、艺术素质悬殊，以至于我永远无法参透麸子对色彩的把握。

所有的事物在麸子的笔下都获得重生，麸子赋予它们不一样的生命。

聚会的时候我和她抱怨，麸子笑我不知满足："你有美满的家庭，可爱的女儿，就可以了。至于绘画，我只是画出我的感觉，我的理解。"

其实，我已经有好长时间不再研究后印象画派、野兽派、未来派。我得研究食谱，这对女儿的成长有好处。偶尔，闲下来的时候，我才会仔细揣摩麸子的画。说实话，同样是一个老师教出来的学生，看看麸子今天的成就，再在看看自己，我还真有点嫉妒麸子。

然而，就在麸子的事业如日中天的时候，她却被医生检查出患了胃癌。

这无疑等于宣布麸子的生命即将结束。

但麸子见到我时，脸上并无忧伤，她说："这种事情没有办法，生活就是这样残酷。"

麸子把生活悟得这样透彻，这是我没有想到的。

麸子住院期间，我多半的时间都是陪在她身边。

麸子被病魔折磨得日渐消瘦，可能考虑到自己来日不多，她与省眼库签署了捐献眼角膜的协议。

不久，麸子病逝。

接受麸子眼角膜移植手术的是一个女孩。

手术成功。解开一层层纱布的那天，我赶到了现场。

只见女孩慢慢地睁开美丽的眼睛，微笑了一下，然后就很茫然地对大家说："我的眼睛怎么看不到颜色？"

移植

十九岁那一年，坎坎只身一人去了俄罗斯求学。

大学毕业后就一直在那里打拼。

在俄罗斯那些年的生活，她很少对人谈起，甚至有些讳莫如深。因此很多人觉得坎坎在俄罗斯的那段岁月就像一个谜。

十年后，坎坎离开了俄罗斯，又回到了她从前生活的城市。

坎坎在人们眼中是个不折不扣的美女、才女，且身价不菲。坎坎做什么事都不徐不疾，淡定从容。

关于坎坎个人的情感故事，至今仍流传的就有好几个不同的版本。

有人说坎坎在俄罗斯先是跟一个有着一头迷人的、淡淡的金色卷发，名叫谢辽沙的俄罗斯男孩谈恋爱。

但这场恋爱就如同夏天的一场急雨，来得快，去的更快。只留下一段沁人心脾的清爽，那是只属于坎坎的初恋的记忆。

有人说坎坎后来结识了一位异常富有的俄罗斯商人，这位叫卡列宁的俄罗斯富商中年丧妻，自从见到坎坎就被她超凡脱俗的美貌、优雅高贵的气质和过人的才情所倾倒，一头坠入爱河而不能自拔。

坎坎对卡列宁如火如荼的爱情攻势，总是保持着极冷静的态度，使得这位俄罗斯富商整日茶饭无心，如坐针毡。其实，俄罗斯富商见的女人多啦，自从他的太太辞世后，他成了女人们眼中炙手可热的人物。但是哪一个女人也没能像坎坎那样，让他一见倾心、不能自已。

据说坎坎跟着这位富商学到了很多生意场上的本事，渐渐由一个都市淑女脱胎而成为商界精英。但最终坎坎与卡列宁的情缘并没有持续下去，坎坎还是选择了离开。

也有人说坎坎为卡列宁生下了一个超级聪明、超级可爱的混血男孩，起名叫卡佳。但坎坎却一路悲情地撇下儿子，选择了独自回国。留下卡佳，坎坎觉得自己跟卡列宁之间的恩恩怨怨就算扯平了。

回国后的坎坎过上了让人羡慕的贵族生活，住豪宅、开名车，还注册了自己的公司。闲时瑜伽、游泳、骑马、高尔夫、芭蕾样样玩得好。然而这样的生活并没有让坎坎觉着自己有什么与众不同，有时她的目光还是会流露出孩子一样的纯真与无助。

也许当年卡列宁就是醉倒在坎坎如此蚀骨销魂的目光里。

时光追风样流过，一直独来独往的坎坎开始接受好心的红娘为她牵绳引线了。

坎坎想在三十六岁之前生一个小孩，也许这是她内心中最深的隐痛吧。

但在相亲这件事上，坎坎屡屡受挫，她是站得太高、望得太远，反而看不到近处的风景了。

终于有一个热心人给坎坎介绍了一位据说很有实力的青年企业家。这位企业家可谓事业有成、人生得意，唯独缺少一位可以相伴左右、与之匹配的贤内助。

青年企业家见到坎坎后相当满意，虽然坎坎在年龄上略略长他几岁，但他认为这刚刚好，坎坎所有的条件都符合他的所求。于是，青年企业家频频向坎坎发出邀请。

最初，坎坎给青年企业家打的是及格分。但随着见面次数增多，青年企业家的虚荣和商人的狡猾就暴露出来了。

最让坎坎难以忍受的是他盛气凌人，两个人谈话的时候，他总是不选择地插话，而且永远喜欢说不。

即使时间很晚了，他也会强行约坎坎出来陪客。这时，是他最自豪和快乐的时光，因为坎坎的美貌和优雅气质为他带来了潜在的人气指数。这样，坎坎渐渐就像一件被贴上标签的移动商品，总是从他指定的一个酒局赶往另一个酒局，坎坎很累心也很烦。

很快，坎坎对企业家的爱产生了怀疑，就在坎坎想提出分手的时候，企业家竟然以注册新公司为借口提出借钱，这时，坎坎才知道这位企业家不但觊觎她的美貌同时也觊觎她的财富，这场有点近乎游戏的爱情就这样结束了。

坎坎想人生的底线不能破，谁也不行。

坎坎的生活又一下子恢复到从前，只是有点低调，在一个人独处的时候，卡佳的影像总是在她眼前晃动，让她挥之不去。

就在这时，一个叫桥的男人来到她的身边。

桥有一双温柔略带忧郁的眼睛，在看她的时候静谧得如同一枚无风自落的树叶，让人格外心疼。

在那一瞬间，坎坎的心很痛，她觉得这是一个可以相信的男人，最关键的是对坎坎的美貌和财富，桥看得很淡。

他们的交流通常是无声的，你看着我，我看着你，然后一双手就紧紧地握在一起。这样，坎坎做了桥的新娘。

一年后的某一天，坎坎生下一个女孩，取名卡佳。

尾　随

读大学的时候，成一喜欢上了一个同班女孩，她叫米莱。

米莱长得很漂亮，浑身上下散发着一股灵动之气。她的一颦一笑一举一动，浑然天成，没有一丝做作。

也许一开始成一是被米莱的美丽外表所吸引，但是后来的日子，成一发现米莱身上能够吸引他的地方还真不少。

米莱性格奔放，天性善良，富有同情心，她经常把自己的零花钱节省下来，用于接济有困难的同学。

当然，成一的这种喜欢，还只能说是暗恋式的一厢情愿。

有几次，成一鼓足勇气想当着米莱的面，把对她的爱表达出来，可话刚到嘴边就又咽了回去。

成一怕遭到米莱的拒绝。

成一真的是栽进了米莱那双深不见底的眼眸中了。

成一每天都要偷偷地躲到米莱看不见的地方，瞧上她一会儿。

后来，成一学会了尾随，尾随米莱。

特别是晚饭后，米莱身着白色碎花连衣裙，长发简单地拢着一个马尾，素面朝天地在校园林荫路上悠闲散步的时候，成一便在后面尾随。

尾随时，成一的心中像只奔跑的小鹿。

成一担心自己的这种不光彩行为，会被米莱发现。

果然，有一天米莱正走着时，突然回转身向成一走来。

成一有些惊慌，躲是已经来不及了，但他很快就镇定下来。

米莱问：“成一，你每天跟在我身后做什么？”

显然是米莱早就发现了成一在尾随她。

成一被问得满脸通红："你误会了，我只是……凑巧和你……同路而已。"

米莱反剪着双手说："你如果承认尾随我，是出于爱慕的话，我可以考虑原谅你一次。"

米莱不轻不重地吐出这样一句话。

事已至此，成一只好大大方方承认了自己对米莱的暗恋。

米莱听后说："谢谢你的诚实。"

后来顺理成章，米莱成了成一的女朋友……

毕业前夕，米莱有一次去书店时，遇到了男同学皮皮。皮皮和成一自小在一个村里长大，又是一同考进这所大学成为同班的好朋友。

当时米莱想，最了解成一的人应该是皮皮。

于是，米莱就问皮皮："成一这个人的性格……"

皮皮张口就来："成一呀！这个人哪儿都好，就是从小有尾随漂亮女孩儿的癖性。"

米莱听后当即脸就红到耳根。

此时，米莱忽略了一个细节，她曾经拒绝过皮皮的追求。

毕业不久，成一就在米莱男朋友的位置上下岗了。

米莱给成一的理由是，两个人的工作分隔两地，所以还是分手吧。

成一争辩，想挽回，但都无济于事。

后来，成一无论通过什么途径，都联系不上米莱。

米莱的移动电话变了，给她发的 E－mail 都石沉大海。

成一想，这就是米莱，爱的时候全心全意，分手了便是彻彻底底。

再后来，成一也交往了几个女朋友，但都无疾而终。

成一总是能透过她们的眼睛看到米莱的影子。

终于有一天，成一在米莱生活的那个城市，再次看见了米莱。

在成一的心里，米莱还是那么漂亮，长发依旧拢成一个简单的马尾，穿着白地黄花的宽松版连衣裙，脚穿白色系带平底凉鞋，整个人看起来清爽舒适，手中还拎着水果和蔬菜。

成一又偷偷尾随了上去。

连衣裙虽然宽松，但已掩盖不住米莱已隆起的小腹，她的表情恬淡，腰背挺得笔直，虽然已经是孕妇，但走起路来脚步并不显笨重。

成一尾随着米莱走进了一个小区，便停住了脚步。

成一默默转身，离开。

不久后，成一便和现在的女朋友结婚了。

只是，成一恐怕永远也不会知道米莱和他分手的真正原因。

话　趣

超哥是我的同事，单位里我是他的领导，私下我们是哥们，是那种坐在一起俩人可以喝一排啤酒的哥们。

超哥的女儿今年参加高考，很早我就对超哥说："你女儿高考那天我去助威，并且全家的中午饭我包了。"

超哥听后，圆胖脸上的那双细眯小眼睛，就很快地聚在一起，和我击掌："那好，说准了，有你作家助威，我丫头肯定会考出好成绩。"

言出必践。

六月七号是高考第一天。

起床后，我给超哥打去电话，告诉他先把女儿送入考场，我随后打车就到。

早餐后，我下楼打上一辆出租车。

我打量了一下司机，司机黑红脸，厚唇，一张脸深沉严肃。

我觉得这位司机挺有意思，便逗趣道："师傅，你干嘛绷着个脸？我又不欠你钱。"

司机斜视我一眼，像要酸脸的样子，被我一个手势打住，说："你儿子保准比你漂亮。"

司机听后，马上转换一脸笑容，说："真叫你说对了。我儿子确实帅，一米八大个儿，白净脸，学习还好。"

我问："上大学了？"

司机目视前方，回答我："上大二了，军事院校，毕业后就是副连职。我儿子当年高考打了近六百分，如果不是和一个女孩谈对象，没准能考上清华或北大，连班主任老师都替他惋惜。"

司机又继续说："大约是高二那年暑假之后，有一天儿子把那女孩带回了家，对我和他妈介绍说是他同学。"

说到这儿，我发现司机的脸色开始凝重起来。

"如果不是我老婆拦着，我当时就让儿子把那女孩带走。可老婆说，儿子大了，得给他一个面子，便把女孩留下来吃饭。"

我摇下车窗，望了一眼窗外。

"就是那次开始，儿子时不时地就把那女孩带回家来吃饭。时间久了，我和老婆对那女孩都不满意。女孩不懂事，手懒，眼里没活儿，在我家吃饭时，从不帮忙收拾碗筷。"

司机侧脸瞥了一眼窗外，很快又目视前方。他说："不久，我儿子的学习成绩马上就下来了，从前几名落到后几十名，痛心啊！好在我儿子懂事，知道悬崖勒马，和那个女孩断了关系，全力以赴冲刺高考。"

司机吁了一口气，说："我儿子要比一般孩子明事理，上大学后，每次回来，拖地洗碗帮他妈做饭。还告诉我，他大学毕业，就不让我开出租了。"

司机越说越兴奋。

这时，我手机响了。

是超哥的电话，告诉我他女儿进入考场了，他在服装城正门等我。

我放下手机，司机就又开始和我讲起了他的儿子……

服装城正门到了，我打住司机的话，告诉他我到地方了。

司机言尤未尽，告诉我："我儿子的故事多着呢！我给你留个电话，有机会我再讲给你。"说完，他递给我一张出租车司机联系卡。

后来，因一次急事，我打电话约了那位出租车司机，用了他的车。

再后来，我和这位出租司机成了好朋友。

交往之后，我才发现，司机其实是个很沉默的人。

角 色

《绿野》杂志是省一级对外宣传的一本边境月刊。

作家刘在这家杂志社任执行主编。杂志在他的主持下办得挺火。

作家刘是省内外很有名气的作家，但在编辑部里，他做事从不以名压人。

他当主编的理念是：和谐为本，一切都讲宽松和谐。

因此，《绿野》编辑部里的编辑、记者们，经常是语笑喧阗。

这时，作家刘就对编辑们说：“对，我要的就是这种效果，这样工作才有劲头。”

作家刘也发脾气。当发现编辑的文章应付时，便立即酸下脸来，啪啪拍桌子，摇着头大喊：“狗屁文章！”

挨批评最多的是编辑部主任王。

作家刘常把主任王传到自己办公室，对他说：“我讲的宽松是气氛，并非是文章的宽松，懂吗？你主任是怎么把的关？就这鸟文章也敢往我这儿送审，还想不想干了？”

主任王站在那儿，弯腰低头，说：“主编，我记住了。”

主任王走时仍保持那个姿势。

作家刘喊住他，说：“你走路能不能把腰挺直，别像欠了谁一大笔钱似的。”

主任王弯腰低头：“主编，我记住了。”

作家刘只抓文章不管工作纪律。下属们迟到早退，他从不批评，甚至还说：“把活儿给我干利索了，绝不许掉链子，你们犯点自由主义我兜着。”

作家刘自己也经常不按时上下班，每天下午在办公室很难看到他的影子。

社长就找作家刘谈话。

社长说：“刘主编，你要律人先律己。听说你每月的选题都是口头布置，那怎么行！一定要例会。”

作家刘申辩说：“社长，你管这么多事干嘛？你要的不是杂志吗？我每月保质保量按时出刊不就得了。”

社长说：“道理是那样，但工作不是那样做的。”

作家刘就很不耐烦，起身就走。

社长本来还有话说，但见作家刘走了出去，便只好作罢。

社长和作家刘的谈话，经常是以这样的方式结束。

因为是知名作家，作家刘每年都要到省外开几次笔会。

上个月作家刘刚从北京、上海开完笔会回来，这个月又接到福建的邀请函。

作家刘想想得去参加这个笔会，便立即召开编辑部会议，布置他走后的工作，并告诉大家他很快就会从福建回来。

稳妥之后，作家刘去和社长请假。

走进社长办公室时，作家刘突然感觉因笔会和社长请假的次数太多，便临时改变说自己老家乡下的姑姑有病，他要回老家探望。

社长点头应允。

作家刘外出笔会期间，社长见到编辑部主任王，叮嘱他：“你们主编回老家这几天，编辑部的工作你要多费心一些。”

主任王听后一愣神，说：“主编回老家了？”

不日，作家刘从福建飞回，还给编辑部每人带回一包福建白茶。

作家刘告诉大家：“别和社长说这茶是我送的，他不知道我去福建的事。”

一天，主任王走进社长办公室。

社长问主任王：“有事吗？”

主任王说：“社长，现在很多杂志社的社长都有博客，我建议您也建个博客，便于和外界沟通交流。”

社长听了挺有兴趣，说：“我对网络陌生，对博客更陌生，能行吗?”

主任王说：“没问题，我帮你管理博客。”说着，主任王走到社长的电脑前，打开一个博客的页面，告诉社长：“您先熟悉一下博客吧。”

社长就开始看博客，主任王在后面指指点点。

社长握着鼠标点来点去就进入了作家刘的博客。

社长显得很突然，回头问主任王：“怎么，刘主编也建了博客?”

主任王回答说：“是吗？我也是刚看到。社长，您先看着，我回去工作了。”

社长专心地看着作家刘的博客，看着看着，社长的眉头皱了起来。

社长在作家刘的博客上，看到了作家刘这次在福建笔会上的一些照片。

社长关闭了电脑，打电话把作家刘叫来。

社长显得挺关心地问：“你姑姑的病好了?”

作家刘很随意地说：“好多了。”

社长仔细地、眼神很怪地审视了一下作家刘，说：“没事了，你回吧!”

作家刘就站起来，琢磨着社长的眼神走了。

月底，作家刘的月奖金就被扣除五百元。

作家刘去找社长问为什么。

社长说：“你说呢?”

作家刘听见社长的电脑传来贝多芬的《命运》交响曲，和自己的博客音乐一样。

作家刘就突然想起社长那天的眼神来了。

破　碎

从我懂事起，就常听父母唠叨："当初是因为你，而把大你三岁的姐姐送给了别人。"

我就问父母："为什么非得是因为我，而不是因为别的什么？"

母亲的眼里涌上一层泪花，说："那时候，闹灾荒收成不好，没有粮食，大家都挨饿。为了少一个和你争食的，保住你的命，我和你爸一商量，就把你姐姐送给了别人。"

听了母亲的话，我完完全全地明白了父母当初的"因为"，当初因为我是儿子，能延续家族，传宗接代，父母便把我留了下来。

因此，在我长大成人以后的许多个日子里，我简直是背着沉重的情感债过日子，内心里有许多对姐姐的歉疚。

我没有理由责怪父母。

既然不能责怪父母，就只有努力去找回大我三岁的姐姐了。

我问父母："姐姐送给了谁家，你们现在还记得吗？"

爸爸说："记得就好了。我是在车站上把你姐姐送给了外地的一对青年夫妇。"

爸爸说完，妈妈就在一旁流泪。

妈说："当初我们的想法怎么那么愚呢？"

爸说："就是，其实不把你姐姐送给别人，也不至于都饿死呀！"

我说："爸妈，事情都过去三十多年了，别后那个悔了。"

我常固执地认为世上无难事，只要努力总会找到大我三岁的姐姐。因此，每次出差的时候，在车上或旅馆里，我总要对三十多岁左右的女人特别留心，也特别愿意和她们闲聊。没准，兴许就能聊出许多意外的话题来。

前几天，我从外地出差回小城。在车上，坐在我对面的是一位三十多岁的女人。当女人的那双美丽的大眼睛，不经意地看了我一眼后，我的大脑神经就很特别地颤动了一下。

这个女人很文静，坐在那儿读一本书，时不时地双眼还看看车窗外。

说不清的原因，从看到这女人的第一眼后，我就对这女人感到特别的亲切。

我试探着和女人搭话。在我和这位女人聊了很多的话题以后，我就投石问路，说："大姐，您的父母真有福气，养了您这样好的女儿。"

谁知，女人听后，脸就一下阴沉起来，说："我是被父母抛弃的，到现在也不知道自己的父母是谁。"

听后，我的大脑神经就不由地又颤动了一下。我的心加速地跳动着，便急急地问："大姐，您的生父是不是姓赵?"

女人看我一眼后，挺平静地说："不，我生父姓刘，叫刘一轩。关于生父，我仅知道这些。"

女人说完，就抬头静静地看着车窗外的某一处。

我的心顿时就凉下来，心中刚刚升起的那一点希望瞬间便熄灭了。

车到一个小站，女人背起她那旅行包，对我说："老弟，我下车了，再见!"

我点点头："再见。"

还未等女人走出车厢，我竟也背起旅行包下车。

女人回头看见我，就挺吃惊地问："你不是终点站下车吗？怎么在这个站下?"

我说："我也不知道为什么下车。总之，突然间有了下车的念头。"

女人听后咯咯地笑，说："你这老弟怪有意思的。"

其实，我中途下车纯粹是为了这位女人。很莫名其妙，我怎么感觉都觉得这位女人就是大我三岁的姐姐。

很快，我和这位女人并肩走出了站台。出站口的人群中，一个脸上长有络腮胡子的男人，挺着肥胖的大肚子，急急地向我身边的这位女人走来。

近了女人前，男人打了一个响指，竟在众目睽睽之下“叭”地一声吻了这女人，还说：“宝贝，可把你等来了！”

走一会儿，男人又问：“你丈夫知道你上这儿来吗？”

女人说：“不知道，我骗他说是到另一个城市去出差。”

男人听后就哈哈大笑，还嚷：“真他妈地开心！”

男人和这女人勾肩搭背地走了。

我停下了。看着他们走得歪斜破碎的背影，听着他们一声又一声的怪笑，我的心顿时就酸酸楚楚的了。

我想：大我三岁的姐姐怎么也不可能是这样的一个女人呀？

不会。

我在心里再一次肯定。

寻找红苹果

朗和晴恋爱了。

朗是男孩，晴是女孩。

晴常对朗说："我俩有一种很深的缘，一个叫晴，一个叫朗，晴朗世界充满阳光。"

朗听后，就把晴拥进怀里，仰着头，微眯着眼，一脸痴情的样子，望着头顶那片晴朗的天空，说："愿我们永远生活在阳光灿烂的日子里。"

晴听后，把头从朗的怀里抽出，说："不应该只是我们，应该说愿世界上的每一个人，都永远生活在阳光灿烂的日子里。"

朗说："对，祝愿每一个人都永远生活在阳光灿烂的日子里。"

晴听后就露出一脸灿烂的笑容，幸福地投入朗的怀里。

阳光下，朗和晴很甜蜜地相拥着……

一次，朗和晴到离他们居住的这座城市不远的市郊去旅游。

朗和晴是骑自行车去的。半途中，朗和晴看到了一个小孩子，在路边的一棵很高很大的树上掏鸟蛋。

朗和晴就很急的样子，一起在树下对着树上的小孩喊："快下来!"

晴还喊："这么高的树，摔下来不得了呀!"

树上的小孩子说："摔不下去的，我天天都这样掏鸟蛋。"

小孩子没下来。

朗和晴在树下就又很急的样子了。

朗突然想出了一个办法。

朗就对着树上的那小孩子又喊："快下来，不下来我就喊你们老师来喽!"

那小孩子听后，果真就很麻利地顺着树干滑下来。

滑下树来的那孩子，对朗和晴扮一个鬼脸就跑了。

朗和晴笑着蹬上自行车，向市郊的那个旅游区驶去。

从市郊回到城市晴的家里时，已是傍晚了。

朗和晴狼吞虎咽般吃着饭。

晴的妈妈见状，就说："看你俩吃得这么急的样子，好像一天没吃饭似的。"

埋头吃饭的晴抬起头，说："我们真的一天没吃饭。"

晴的妈妈问："你们带的那些熟食呢？"

朗说："让我们送给路边讨食的乞丐了。"

晴的妈妈又问："不会用钱买些别的吃吗？"

晴说："我们的钱也送给乞丐了。"

晴的妈妈听后，笑着说："你们这俩孩子，真有意思，做富翁却把自己做成了穷人……"

朗要到另外的一个城市出差。

朗向晴告别时，晴说："你这次出差时间长，在外可别学坏，别像其他坏男孩子一样，口里吃着红苹果，眼睛还望着青苹果。"

朗说："放心吧，你是我心中永远的红苹果。"

晴听后，就很高兴地给了朗一个长长的吻。

朗心中装着"红苹果"去出差了……

二十天后，朗从出差的那个城市归来。

归来后的朗，再也没有见到他心中的红苹果。

就在朗出差的第一天，晴上夜班，途中被一暴徒强奸后杀害。

朗悲痛欲绝，哭得死去活来。

事情过去半年后，人们见朗的情绪有些稳定，就先后给朗介绍女孩谈朋友。

朗每次都摇着头，很哀伤地说："我心中的红苹果再也找不到了！"

一天，朗到一个公用电话亭打电话。看电话亭的是一个女孩。

叫朗惊呆的是，这个看电话的女孩长得特别像晴。说话的声音像晴，身高像晴，连女孩穿的裤子，也是晴常穿的那种带背带的裤子。

朗就使劲揉揉眼睛，再看那女孩，没错，就是晴！

但这怎么可能呢？晴走得已经很远很远了。

“晴。”想着时，朗说出了声。

女孩就回过头，问朗：“你叫我有什么事？”

朗更加惊呆，问：“你叫晴？”

女孩说：“对呀，我叫晴。”

朗就兴奋地奔过来，抓着晴的手，说：“晴你叫我找的好苦呀！”

叫晴的女孩吓得直躲闪，以为遇到了神经有毛病的人。

朗又叫道：“我心中的红苹果终于找到了！”

后来，朗有事无事就常到电话亭看晴。叫晴的女孩，见朗常来，对此事也就不以为然了。

朗还对人说：“我的晴没死，电话亭的女孩就是晴，她永远是我心中的红苹果！”

别人听后就告诉他说：“别瞎说，电话亭的那女孩不是那个晴。”

朗不相信，一直固执地认为电话亭的那个女孩就是晴。

后来叫朗相信电话亭的那个女孩真的不是晴，是在某一天的黄昏。

那个黄昏，朗又去电话亭看那叫晴的女孩。

因为一点事情，叫晴的女孩和来打电话的一位老人吵起来。

叫晴的女孩不住嘴地骂老人，骂的话不堪入耳，把老人骂得低着头气冲冲地走了。

一旁观看的朗也走了。

朗边走边失望地想：她真的不是晴，真的不是我心中的红苹果。

爱情在冬天光顾了我

北方的冬天说来就来。

昨天的路上还看见从树上落下的叶子，而今天早晨推开屋门，门外便是一片茫茫雪野了。

我知道，又一个冬天来了。爱情就在这一年的冬天光顾了我。

在寒风凛冽，零下三十摄氏度的一个大雪飘飞的日子里，我结识了一个叫冬冬的女孩。结识的过程以及结识以后还有许多过程，我都省略不叙述了。总之，我和这个叫冬冬的女孩相爱了。

一天，大雪刚停下，我就接到冬冬打来的电话。

冬冬叫我陪她去医院看一个病人。

放下电话，我找了冬冬，和她一起去了医院。

到了医院的病房里，冬冬径直把我领到一张床前。床上平直地躺着一个面色如白纸的女孩。

冬冬平静地对我说："她是我妹妹，叫雪雪。"

听完冬冬的介绍，我就看躺在床上的雪雪。此时的雪雪，眼睛直直地看着天棚。

冬冬近前，俯下身对雪雪指着我说："雪雪，你看谁来了?"

从雪雪的面部表情看，雪雪似乎没有听见，眼睛依然直直地看着天棚。

冬冬就长叹一声，坐在床边上……

从医院出来后，我就问冬冬："雪雪患的是什么病?"

冬冬说："我不想说。"

我便不再问。

我和冬冬第二次看雪雪时，冬冬又俯下身子，指着我对雪雪说："雪雪，你看谁来了？"

雪雪的面部表情依然没有反应，眼睛依然直直地看着天棚。

第三次和冬冬去看雪雪时，冬冬又俯下身子，指着我对雪雪说："雪雪，你看谁来了？"

这次，雪雪好像听见了。她转过头来静静地看我，突然很急切地抓住我的手，喊一声："明哥。"

然后就伏在我的怀前哭泣不止。

这时，我发现冬冬的脸上有着很愉快的笑容。

雪雪仍在哭，我莫名其妙地用眼神询问冬冬，雪雪怎么叫我明哥？

冬冬也用眼神告诉我：别出声。

就这样挺着，任雪雪在我的怀前哭着……

后来有一天，我又突然接到冬冬的电话，电话里冬冬的声音很悲伤。

冬冬说："雪雪死了！"

听后，我无力地放下电话的听筒。

料理完雪雪的后事，我和冬冬在一天散步时，我问冬冬："雪雪到底患的是什么病？她为什么叫我明哥？"

冬冬没有回答我的问话。

天突然阴了，不一会儿，就有鹅毛般的大雪飘下来。冬冬的长发落下了一层"鹅毛"后，终于对我说："我也不知道雪雪患的是什么病，就连医生也说不清楚。雪雪原来有个男朋友，叫明，雪雪特爱明。明在一次出差中，因路见不平，被歹徒刺杀而死。明死后，雪雪日夜思念明。后来，就突然高烧不止，烧得人事不省。待雪雪从高烧中醒来，已是三天三夜后的事情了。醒来后的雪雪就失去了一切记忆，几乎变成了植物人一般。"

停了停后，冬冬又接着说："偶然的一天，我在街上看到你，发现你长得很像明，我就设法接近你，想让你的面孔，唤醒我妹妹沉睡的记忆，可惜，最终一切还是徒劳。"

听完冬冬的话，我一切都明白了，同时，我也明白了我和冬冬的爱情将意味着什么。

我就问冬冬：“这么说，你是为了你妹妹，才爱上我的？”

冬冬点点头。

我又问：“那么排除你妹妹，你还爱我吗？”

冬冬摇摇头。冬冬说：“我早就有了男朋友，他在南方当兵。”

我说：“咱们的故事应该结束了！”

冬冬说：“你是好人，好人一生平安。”

我说：“谢谢你，冬冬。”就头也不回的走了，这时，雪停了。

爱情在冬天光顾了我，又在冬天远离了我。

唉，这个该死的冬天！

教育诗

方娅的父亲是位作家。

在方娅很小的时候，父亲就常给她买各种儿童文学书籍，其意是想培养女儿对文学能够产生兴趣。

父亲希望女儿长大后也能成为一名作家。

但方娅并不买父亲的账，什么安徒生、伊索、格林都被方娅弃之一旁，令方娅感兴趣的倒是书中那一页页的插画。

于是，方娅一有空闲，就拿着笔临摹书中的每一页插画。一天，方娅把一幅自己画的唐僧师徒四人取经的画拿给父亲看。

父亲看后甚惊，方娅还真的把师徒四人那“敢问路在何方”的味道在笔下给描绘了出来。

这不得不叫父亲正目凝视方娅了。

父亲也不得不认真地问方娅：“方娅，你长大后想要做什么？”

只有七岁的方娅几乎不假思索地回答：“爸爸，我要当画家！”

父亲听后点点头，没再言语。

从此，父亲就不加约束地任方娅的兴趣自由地发展。

一晃儿，几年过去，方娅高中毕业，考入了一所艺术院校的动画设计专业。

记得是在方娅大二那年的夏天，方娅暑假回家。父亲发现女儿有两个晚上都在电脑前敲到深夜。

父亲还发现，女儿敲出的是一行行文字。

之后的一天中午，女儿把父亲请到电脑前，说：“爸爸，我写了一篇小说，您给指点一下。”

父亲用疑惑的眼神看了看方娅，然后坐在电脑前读起来。

父亲一气呵成就把女儿的这篇一万多字的小说读完。

读后，父亲再次震惊。凭感觉，第一次写小说的女儿出手不凡。

父亲就把这篇小说拿到了省作协的《阳光文学》主编那里。

不久，方娅的小说处女作就在《阳光文学》发表了。

三个月后，女儿方娅再次看到父亲时，问父亲："爸爸，我的那篇小说的稿费还没来呀？都三个多月了。"

父亲听后，稍怔了一下，然后对女儿说："看，我这一忙都忘了，稿费我早就领了回来。"说完，父亲从钱夹里掏出钱递给女儿，说："给，稿费，五百元。"

女儿接过钱，说："呀！这么多，看来我还得继续写。"想了想，又把钱递给父亲说："爸爸，这钱我不要了，您爱喝酒，就用这钱买几瓶好酒吧，算我孝敬您了！"

父亲把钱推了过来，说："方娅，爸爸谢谢你的孝心，但是这钱我不能要，这是你的劳动，而且又是你的第一笔稿费。"

方娅便不再推脱……

转年，莺飞草绿的春天，方娅也许是因为那五百元稿费的动力，一口气写完三部中篇小说交给了父亲。

果然，方娅说："爸爸，我想赚稿费，大学毕业后想开一个制作动画的公司。"

父亲点点头后，就开始读女儿的小说。

当父亲用了几个晚上，把女儿的小说读完之后，便按捺不住内心的激动，当即就把这三部小说分别投给了国内三家有影响的大型文学期刊。

后来，这三部小说有两篇被发表，其中一篇《带着龟龟去流浪》是以头题发表的。

再后来，《带着龟龟去流浪》被国内权威文学选刊转载，后又被上了该年度的中篇小说排行榜，引来文坛一阵震动，方娅也由此名声大噪。

一次，方娅应邀参加省作协举办的文学创作座谈会。

这次会议，方娅的父亲也来了，就坐在方娅的对面。

发言时，《阳光文学》主编的话，让方娅从内心深处很真实地体验了对父亲的那一份感动。

主编说："方娅取得的创作成绩，是我省文学界的骄傲。方娅的处女作是在我们杂志发表的，但说来很惭愧，由于诸多原因，方娅这篇小说的稿费我们至今还欠着呢……"

听此，方娅的心里一颤。

方娅抬起头向父亲看去，父亲似孩子一样地迅速低下头。

方娅一下恍然大悟。

那一刻，方娅比任何时候都读懂了父亲。

方娅的双眼潮湿了。

方娅再抬头看父亲时，父亲正面对着她微笑。

那笑容灿烂如花。

回忆我和米雪的恋爱

回忆我和米雪的恋爱，得从1995年的秋天开始。

1995年秋天中的一天，给我的印象很深刻，这倒不是因为这一天我认识了米雪，而是这一天的天气特别叫人难忘。

这一天，从早晨开始天就昏昏暗暗。秋天的风裹着树上的叶子，呜呜地号叫着。

镇上临街房屋的门窗、屋顶的瓦盖、被号叫的风掀动得噼啪作响。

街上的一个老人，靠在屋檐下，袖着手，眯着眼，望着昏昏暗暗的天空，说："秋天的风咋能这么大？几十年不见这么大的风啦！"老人说这话时，刚好从老人的身边走过。

老人突然喊住我，说："小伙子，你看看前面是什么刮了过来。"

我向前看去，见是一条红纱巾随风刮过来。我弯腰拾起来时，一个女孩推着自行车赶到。我问女孩："这纱巾是你的？"女孩点点头。女孩接过红纱巾时，对我说："谢谢你，作家。"

我挺惊讶，问女孩："怎么，你认识我？"

女孩说："镇上唯一的作家谁不认识。"

女孩说完，便把红纱巾随意地系在脖上，然后推着自行车走了。

女孩没走出几步，就连人带自行车被风刮倒了。我回转身，扶起女孩和自行车，对女孩说："你可真是弱不禁风呀！"

女孩说："哪儿呀，我患感冒发烧，刚从医院打完针回来，身体发虚。"

女孩说完，一阵疾风又刮来，女孩和车子又一趔趄。

我就对女孩说："身体不好，风这么大，我送送你吧！"

女孩点点头。我推过女孩的自行车，和女孩在很大的风中，挺艰难地向前走着，女孩告诉我，她叫米雪，是镇上中学的语文教师。女孩还说她挺喜欢我的小说，说读我的小说不像是读小说，是读生活。

到了米雪的家门前时，米雪叫我进屋坐一坐，我说还有事，便准备走。

米雪问："还能和你联系吗?"

我说："有事可以给我打电话。单位的电话号码是7990714。"

这件事情以后，我一直未接到米雪打来的电话。但那个长得很灵秀的米雪，似乎已经刻在我大脑的深处，怎么也挥之不去。我不知道这是不是朦胧的爱情在我的心里发芽了。米雪给我打来电话时，是我发在《天津文学》上的一篇小小说，后又被河南的《小小说选刊》转载以后的事情。

米雪在电话里说："你的那篇《爱情在冬天光顾了我》的小小说我读了。我觉得一般情况下，作家笔下的爱情大多都发生在春天，你干吗把爱情选择在寒冷的冬天呢?"

我说："冬天的爱情容易冻结。"

米雪在电话里咯咯地笑。

后来，米雪就经常和我通电话。又后来我就经常和米雪约会。再后来，米雪便在一个月色很美的晚上，双手勾着我的脖子，对我说："我喜欢你!"

在我和米雪的恋爱发展到如花的绽放、火的燃烧时，我和米雪的爱情受到她家中的强烈反对。米雪的爸爸嫌我是个写字的作家。米雪的爸爸很固执地认为：写字的人大多数都没有好命运。为这，我想去找米雪的爸爸，但被米雪阻止住了。米雪说："我爸爸是一个倔强的老头，他认的理儿谁也说不服他。"

米雪的爸爸确实是一个很倔的老头，为了不让米雪和我见面，每天晚上都把米雪看在家里，不准越门一步，否则米雪便要遭到她爸爸的一顿暴打。一天晚上，据米雪自己说她是偷着跳窗出来的。见到我时，米雪便扑进我的怀里，很委屈地哭起来。

米雪泪盈盈地对我说："我不想这样累了！我要走，去南方的一个同学的公司谋事，赚点钱后我们就结婚。”

我拥着米雪，说：“亲爱的雪，我怎么舍得让你走？”

米雪说：“不走又如何。我这一走，或许是缓解老头子那种偏见的最好方式。你放心，我永远属于你，你永远属于我。”

不久，米雪就走了，她留给我的是刚认识时的那条纱巾。米雪走后，我到省作协参加一个会。会议闲暇时，我和省作协的一位老师闲聊。这位老师竟出乎我的意料之外，谈到了米雪的爸爸。

这位老师说米雪的爸爸，在六十年代曾是一位很有才华的儿童文学作家，可惜“文革”时期受到迫害，被下放到小镇教书，平反后便再也没有拿起笔来。说到最后，这位老师叹一声长气，说：“唉，人生呀……”

我终于理解了米雪的爸爸，一个被文字毁了一生的老人。

我写这篇文字的时候，是1997年末了。米雪已经走了两年多了，我仍然过着独居的生活。我在等待我亲爱的米雪。

爱情与一个城市有关

青青二十六岁了还没嫁人。

如果按照事情的正常发展，以她的年龄，她的爱情似乎应该在她所居住的这个城市有个归宿了。

但是，青青不肯把自己的爱情安放在这座城市。换句话说，青青不肯把自己从姑娘到少妇的那几步，在这座城市里走完。

青青的爱情与一个城市有关。

其实，青青爱情的火花，在她现在居住的这个城市里有过闪现，但那只是短暂一瞬间的撞击便又消失了。

青青大学毕业后，分配到这座城市的冶金研究院。

不久，先她一年分到研究院的大学生强就爱上了她。

那一段爱情火花的闪现，虽然是短暂的，但给青青心灵的撞击却是很深刻的，很刻骨铭心的，叫青青一生也无法忘怀。

强是一个外表冷漠严峻的人，但爱青青的那种情感却如八月的骄阳，叫人感到暴热无比。

青青接受着这种暴热，青青在爱情的暴热面前大汗淋漓了。

青青躺在强的寝室的床上，绯红着脸，一条鱼似地大口喘着气，接收着强的吻，接受强的爱抚……

但不久，这种热就冷却了。

不久，强就对青青说："青青，我们分手吧！我要调往省会 B 城，我父母兄妹都在那个城市……"

强就调往 B 城去了。

强调往 B 城的几个月后，青青痛定思痛，分析了强和自己分手的真正原因。

青青知道自己的爱情失败在外表的不漂亮。

青青想：这种爹妈造就的遗憾，只有在事业上或金钱上来弥补了。

青青就突然有了要到强居住的 B 城，创造一番辉煌事业的强烈欲望。

青青要在 B 城追回属于自己的那一份爱情。

青青就辞掉冶金研究院的工作，来到 B 城。

在 B 城，青青通过朋友介绍，到一家中外合资的公司里工作。一年后，青青跳槽，到南方干起服装生意。

两年后，青青感觉到自己赚的钱，在 B 城能够进入大款的行列了，便打点行装返回到 B 城。

返回 B 城后的青青，住进一家五星级宾馆。

夜晚，青青总是喜欢掀开窗帘，看外面城市的夜景。在夜晚的城市灯光与人影中，青青开始思谋着自己应该以一种什么样的方式，出现在 B 城人的面前，确切一点说是出现在强的面前。

青青想办法认识了一个大胡子导演。青青对大胡子导演说："我想在你们电视台周末的'女性世界'专栏露一下脸。"

当时，青青穿着一条白色的开胸很低的裙子，大胡子导演那双眼睛就死死地盯了一阵青青很低的开胸处，然后问："什么条件？"

青青说："随便，要人要钱我都给。"

大胡子导演一拍掌："好，痛快！……"

当青青躺在大胡子导演那张席梦思床上，任凭导演木偶似地摆弄时，青青再也没了和强时的那种像条鱼一样，大口喘气的激情了。

青青闭着嘴，泪水从闭着的眼睛里流出来……青青终于以女强人的形象，通过 B 城电视台的"女性世界"走入千家万户。

青青成功了，B 城的人都知道 B 城有个女强人叫青青。

成功后的青青，就想立刻见到居住在 B 城的强。青青想告诉强，从某种意义上讲，是强重新塑造了她。

青青想象着强在电视里看到她的形象后，该是一种什么样的神态呢？是追悔莫及？或是痛苦不堪？

青青是想先通过强的朋友，了解一下强的情况后，再直接面见强。

谁想，青青见到强的朋友后，强的朋友一脸的沮丧相，对青青说："强被人杀害了！"

"什么?!"青青顿觉自己的双腿瘫软如泥。

强的朋友又说："强的婚姻一直很不幸。"

青青感觉自己有些站不住了。

强的朋友还说："不幸的婚姻，使强在外有了情人。在上周一夜里十点，他和情人睡觉时，被他情人的丈夫发现，用猎枪把他俩一起轰了。"

青青听后想：上周一夜里，正是自己陪大胡子导演睡觉的那一夜。

青青在这座城市里，没有追回属于自己的那一份爱情。而且，在这座城市里，她失去了许多。

从此，青青开始过起一种隐居式的生活。

青青的爱情与这个城市再也无关。

十 年

十年后，还是在那里，在那个熟悉的老地方，他和她又见面了。

此时，天色刚刚进入黄昏，紫丁香正艳艳地开着，花香袭人。

他和她身后那座古老的教堂里又传来了那首熟悉的《圣母颂》，曲调优美动听，这曾经是他们都非常喜欢的一首小提琴曲。

生活在过去的十年中似乎已走了很远，可是，看到眼前的一切，让她感觉他和她之间的故事仿佛只是发生在昨天。

他问："怎么样，一切还好吧？"

她回答："还好，孩子大人都好。"

她不知道自己为什么要在这时强调孩子。其实，她已经离婚，孩子判给了男方。

他说："你一点儿都没变，还是那个样子，连说话的腔调都没有变。"

"是吗？看来我还没有自己想象的那么老，也许你是单挑好听的说吧。"

"你不是不知道，我一向不会恭维人，到现在也没学会，是实话实说。"

他看着她，目光里有了岁月的内容……

离开教堂后，他提议再随便走一走。

她孩子似地跟着他走，走过的那几个地方是他和她上大学时最爱闲逛的地儿。依稀记得在这几条街上有他和她经常光顾的一个很老的新华书店，一个卖音像制品的小店，一家极有特色的桂林米粉店，一个名叫丑丑的冷饮店，还有一个叫卡嘉的小小的西餐厅。

几条街走下来，发现除了那家很老的新华书店依然健在，其余的几个店，有的早已不知去向，有的已改换门庭，做起了别的生意。

他自言自语般地念叨着："都变了，也难怪，十年了，不变才怪呢！"

他和她选了一家东北菜馆。

接下来的晚餐时光，他和她吃得很愉快，聊的也很愉快，回忆起很多往事，甚至还喝了一点酒。

在酒的作用下，他的话渐渐多了起来，他说这些年不论是在顺境还是逆境，他经常会想起她，想起他和她的大学时那段恋爱时光，那是多么开心美好的一段时光啊！

他还说："只是那时候我们都不懂得珍惜，动不动就怄气。后来，果然因为一件在现在看来根本算不上事儿的事儿分手了。"

她说："别再提那些事了，今日能相见已经是不小的缘分了，托老天的福，我们现在不都很好吗？"

从外表上看，他发展得很好很有气象的样子。

于是，她便问："工作和生活还算顺心吧？"

他说："还算可以，在一个中外合资的企业当副总，年薪50万。"

接着，他又问她："你的工作也算满意吧？"

她答："还算行吧，在一个学校当校长。"

她想不明白自己为什么在他面前再次撒谎，她刚被学校裁员待岗。

沉默一会儿，他拿出一件礼物，执意要送给她。

礼物是一条很珍贵的海洋之星钻石项链。

她就忽然想起，当年他说过要送给她一件这样的礼物，不想，十年过去了，他竟然还记得。

她想如果当场拒绝，他一定不会答应，便将这件礼物放进了自己的手袋。

结束了晚餐，他和她走出餐馆。

他求她再多陪他待一会儿，她不忍心拒绝，便陪他去了他下榻的宾馆。

走进宾馆的房间，他不由分说，一下子从后面紧紧地拥住了她，然后用滚烫的双唇试探着吻她的脸颊。

她说："你喝多了，快去洗把脸吧！"她轻轻推开他，然后坐到了沙发上。

他就进了洗手间。

他走出来，为她倒了一杯水，端到她的面前，然后坐到她的对面静静地看着她，一句话也不说。

她只好对他说："好吧，你先去洗澡，我在这里等你。"

听了她的话，他不禁喜出望外，拿好东西准备去冲澡，走到洗漱间的门旁，他忽然转身看了看她，目光温柔如水。

可是她知道，她是不能留下来的，她不想再折腾彼此的感情了。

走时，她把他送给她的钻石项链放到了他的枕下，然后悄悄地推开房间的门，离开了宾馆。

走在街上，她的手机铃声响起："十年之前，我不认识你你不属于我，我们还是一样陪在一个陌生人左右，走过渐渐熟悉的街头。十年之后，我们是朋友还可以问候，只是那种温柔再也找不到拥抱的理由……"

她不看手机，就知道一定是他打来的。仿佛天意，是陈奕迅的《十年》，他竟一语成谶。

与爱情无关的两次风月

我是靠粮食发家的。

我把北方的大米，一车车地往南方运，几年下来，我的腰包就鼓了起来。

温饱思淫，这话真他妈的准确。

在我成为小城仅有的几个富翁之后，皮子和大炮他们撺掇我泡妞。

于是，我公司那间宽大的办公室里间的卧室，就有一个又一个漂亮或不漂亮的女孩，被皮子和大炮他们领来。

当然，这些女孩也不是白睡的，她们都用各种自己喜好的方式获得了满足。

但有一次，我差点栽了！

我清楚地记得那个女孩叫刘玉梅，更清楚地记得她摔门而去的那双喷火的眼睛。

那天，皮子把刘玉梅领来，我带她去吃了晚饭。

吃完晚饭，我又把刘玉梅带回了办公室。

在我夸奖了一番刘玉梅如何如何漂亮后，我们就很快上了床。

在床上，刘玉梅一切都是默默的，甚至在橘黄色的灯光下，我还发现她的双眼里有一层很亮很亮的东西。

让我大为吃惊的是，刘玉梅竟然是处女。

天呀！我知道自己摊事了。

果然，刘玉梅穿好衣服后，对我说："强哥，你得娶我。"

我没有立即回答。

我牵着刘玉梅的手，从卧室走到办公室，示意她在沙发上坐下。

然后，我从办公桌的抽屉里，拿出一张卡递给刘玉梅。

我说："这卡里有五万元，你拿走。我只能这样，因为我有老婆。"

刘玉梅霍地站起，把卡甩给我，说："强哥，你拿我当什么人了！我喜欢你是因为你有敢于吃苦的赚钱精神。但我没有想到，你却是一个敢做不敢为的男人，叫我鄙视。"

说完，刘玉梅带着一双喷火似的眼睛，怒视着我一会儿，就摔门而去。

不久，我听皮子说，刘玉梅去了南方。

刘玉梅走后，我心里一直很内疚。几次给刘玉梅发短信，告诉她需要钱，就把卡号告诉我。

但每次的短信都是音去无回。

从那以后，只要喝酒，每喝必醉。

一天，皮子又领来一个女孩。女孩自我介绍说，她叫二丫，从农村来这里打工。

这个叫二丫的女孩没多少文化，言谈举止间透出一种大大咧咧的性格，一看就知道是很容易被人糊弄上床的那种女孩。

果不出所料，在那天我喝得酩酊大醉、趔趔趄趄被二丫扶回来后，二丫竟然先我一步，脱光了自己的衣服钻进被子里。

醉眼迷离中，我在二丫的面孔上，再次看到了那双喷火的眼睛，心里便一阵灼痛。

我对着二丫吼道："起来，给我滚！"

二丫惶惶地穿衣服，连鞋带都没系就跑走了……

一年以后，二丫和一个开出租车的司机结婚了，定居在这个城市。

在一个很无聊的日子里，我突然又想到了二丫，就打电话把她约到我的办公室来。

扯了一会儿闲话，我就要求二丫和我上床。

没有想到，二丫连连摇头。

二丫说："强哥，我没结婚时你咋不碰我呢？"

我说："正因为你是未婚的女孩，强哥才要保护你的声誉呀！"

"拉倒吧，竟拣好听的说，你是怕我讹上你。那次你要是碰了我，还真啥事都没有。现在不行了，我有丈夫了，他对我贼好贼好！"

说完这些话，二丫便走出了我的办公室。

我从没仔细地看过二丫的背影，这次认真地看了，二丫纤秀的背影感觉像汉子一样壮实。

毁灭

星期天的下午，娟子从家里带来了妈妈包的酸菜馅饺子，还有一罐芥菜炒肉丝，都是孙晓爱吃的。

孙晓是娟子在剧团里最要好的姐妹，别人都说她俩是剧团里这一拨学员中练功练得最苦，也是最有希望的两个苗子，两人都专攻青衣。

娟子五官端庄，扮相清秀大方，嗓音清亮醇厚，身材高挑，在舞台上很是抢眼。走起细碎的莲花台步，常常如风摆柳叶一般好看。

孙晓呢，她生得模样乖巧可人，尤其是那一对毛茸茸的、汪着一汪水似的眼睛，看上去别有风情。扮上装的孙晓往台上那么一站，就会站出一道很美的风景。她身段柔美，嗓音甜润，尤其在眼波流转之间，总似有诉说不尽的哀愁，怎么看怎么让人觉着心疼呢。

都说同行是冤家，可是娟子和孙晓却根本不把这句老话放在心上，平日两人出双入对，一起练功，一起喊嗓，一起拍戏。然后呢，再一起吃饭，一起逛街，一起嘻嘻哈哈，一起躲在蚊帐里诉说女孩子的小秘密。

孙晓家在农村，娟子知道孙晓家的条件不好，所以在生活上总是很照顾孙晓。

星期天的下午剧团几乎很少有人，娟子穿过走廊，来到了宿舍的门前。

娟子轻轻推开了宿舍的门，她刚要喊孙晓，却突然发现在孙晓那薄得近乎透明的蚊帐里，有两个人几乎赤身裸体地抱在一起。

当娟子看清是孙晓和团长时，她惊得差点儿没叫出声来。

几乎没有多想，吓晕了头的娟子，转过身头也不回地提着东西跑了出去。

想到团长，娟子更觉气愤了。

几个月前，团长把她单独叫到办公室，说是想了解了解她的学习和思想情况。

团长还对娟子说，她和孙晓的基本条件都不错，都能吃苦，也都很用心，最后留谁不留谁，只能在她和孙晓之间选择一人。

那一次谈话，让娟子特别反感的是团长有些过分的举动。说话时还不住地拍娟子的背。还拉起娟子的手摸索了半天不肯放下，最后，娟子忍无可忍地抽出了自己的手。

临走时，团长还不忘告诉娟子要把握住机会，有什么想法可以随时找他谈心。

那次谈话，让娟子的心里感觉特别不舒服。娟子想好了，没什么大不了的，这里留不下，就去别的剧团，绝不能受人的摆布和欺负。

这件事她一直憋着，几次想跟孙晓说，都没有说出口。“都怪我，都怪我没有及早提醒孙晓。不然，就不会发生这样的事了。”

娟子在心里深深地责备着自己。

娟子再见到孙晓时，孙晓只说：“我没别的选择，家里穷。团长说，他喜欢我，可以离婚娶我，还可以帮我转正。”

之后，又对娟子说：“娟子，对不起，今后，我不配再做你的朋友了。”

娟子没有吭声，她抬头看到了孙晓从前水汪汪的一双眼睛，此刻却是红肿的。

年终考核终于结束后，孙晓留了下来，转正成为正式的演员。娟子没能留下，一气之下，娟子决定去别的城市闯荡。

娟子走时，孙晓去车站为她送行。

娟子对孙晓说：“你想过以后吗？他能娶你吗？”

孙晓悠悠地说：“为了一家人，我不能想那么远，我现在只能这样了，他答应让我挑大梁、唱主角。”

娟子再问：“这就是你想要的？”

孙晓一直没有再开口。

车启动时，透过车窗，娟子看到孙晓在哭着向她挥手。

几年后，娟子重返故里。此时，娟子已经是她所在的那个城市剧团的业务团长了，她嫁给了一个农研所的人，生了一个女儿。一家三口，生活幸福。

重返故里的娟子，听剧团里的人对她说，孙晓出事了，她把团长杀了。

剧团里的人还告诉她，娟子走后，孙晓确实在团里的几场大剧中担当过主角，但随着一次次堕胎，孙晓的身体每况日下，就很难再担当主角的演出了。

这时，孙晓和团长的事被传得沸沸扬扬，因此，团长的老婆几次来团里闹过，还抓破了孙晓的脸。

让孙晓更为恼火的是，团长又喜欢上了团里一个新来的女孩，这让孙晓很难以接受。于是，在一次缠绵之后，团长酣睡之中，孙晓用菜刀把团长给剁了。

娟子去省城女子监狱探望孙晓。

当女狱警把一个女人带到接待室时，娟子上下打量了一下这个女人，对女狱警说："你搞错了，她不是孙晓。"

女狱警一脸的严肃，对娟子说："没错！"

娟子摇着头，在心里再一次肯定，这个女人不是孙晓。

就在娟子要转身离开时，那女人突然指着娟子大喊一声："黄亚芬！"

娟子听后，身子颤抖了一下。

娟子知道，这个女人喊的是团长妻子的名字。

心理学教授

心理学教授矫正是我的朋友。

矫正的婚姻一直不是很和谐，因此，没事时他总是找我倾诉他心中的苦闷。

矫正的妻子是搞教育学的，两个人争论的焦点，最多的是体现在学术观点上的分歧。

矫正说妻子的教育学太空洞，不实际。

矫正说，就连孔子都知道人多了怎么办？子曰：“富之”，“教之”。

矫正还常在晚饭的桌上，开导妻子做人要厚道一些，不要瞎嚷嚷瞎起哄。人在不温饱的情况下，教育就是一句空话呀！

妻子听后，立即拍案而起，说老矫我对你无话可讲。

说完，妻子夹了一些菜，放到碗里，就回自己的房间里吃去了（俩人一直在分居），还把门锁从里面扣上了。

矫正见妻子对他如此态度，感觉像是受到了屈辱。

矫正把饭碗“咣”地往饭桌上一放，走到妻子的卧室门口继续说，妈妈的，我说的没有道理呀？你想呀，一对靠拾荒过日子的夫妻，到了情人节，丈夫咬着牙给妻子买了一大束玫瑰。妈呀！这时候的妻子会有什么样的感觉？妻子会说浪费呀！花这冤枉钱，不如买斤豆油，咱家有几顿菜都没放油了。

孔子的“不富不教”的理论，合乎了心理学家马斯洛的需求层次理论呀！

门被推开，妻子指着矫正说，老矫你有完没完。你那心理学好，把自己分析得都神经兮兮了，连说话的声调都娘们叽叽了，真叫我鄙视。

鄙视？你这是嫉妒，懂吗？从心理学角度分析，人本性深处，都不希望有人在各方面超越自己，包括夫妻。

放屁！你是疯子！你给我滚！说完，妻子把一本书砸在了矫正的身上。

矫正把书捡起放到桌上，怒着脸告诉妻子，你不是鄙视我吗？告诉你我可以找一个不鄙视我的人。

一次，矫正约了七八位男女朋友在一起喝酒。

我也是被约的朋友之一。

矫正的身边坐着一个女孩。

矫正对大家介绍说女孩叫蛮蛮，是他的女友。

我挺吃惊地看了一眼矫正，然后又看了看女孩。

女孩矮粗形，厚唇小眼睛，牙齿不白，皮肤也不白。天呀！矫正怎么会爱上这样的一个女孩？

喝了几杯酒，矫正告诉大家，蛮蛮是他的神！是他的命！

叫蛮蛮的女孩咧着嘴在那儿笑。

笑后，女孩说我正在和矫老师学习心理学呢。

接着，女孩像背诵似地说，在逻辑层面上，心理现象包括感觉、知觉、表象、记忆、思维、想象、情感和意志等……

大家听后，一阵哄笑。

矫正伸出他那只白胖的手，细声软气地阻止大家说，笑什么嘛？有现象必有其本质，我知道你们此时在想什么。但我给大家一个面子，这里我就不揭露了。大家听后，就都不笑了，开始静下来。

矫正接着说，你们不知道呀！我太爱蛮蛮了。妈呀！那种爱你们是无法体会到的。你们知道蛮蛮给了我多大力量吗？这样比喻吧，给我一根棍儿，我能把天捅破了。

大家又是一阵哄笑。

矫正又是伸出白胖的手，阻止说，笑什么？真的，在蛮蛮面前，我总有一种冲动，想干一件漂亮的惊天大事，让蛮蛮知道我是一个真正的男人。

叫蛮蛮的那个女孩，坐在那儿仍然咧着嘴笑。

不日，矫正真的开始谋划一件大事。

他买来一把仿真手枪，戴上蒙面罩，在喝了半斤白酒的一天午后，他冲进了一家银行。

矫正双手平举着枪，对着柜台里的工作人员喊，钱快快地拿来！

他的话音刚落，银行保安的警棍便把他击倒……

在法院开庭审理此案时，法官问矫正抢劫银行的动机是什么？

矫正的回答简洁明了：是爱情的力量让我这么做的。

旁听席上的人都说他是个疯子。

最后，法庭宣布：心理学教授矫正，以抢劫银行未遂罪被判有期徒刑十年。

初　夏

那天上班时打不到车，我便只好去等公交车。

在8路公交车的站牌下，我来回走动，挨忍着寒风扑面的冰冷滋味儿。

正在走动时，我对面走来一个中年女人。她看了我一眼，我也看了他一眼。

中年女人在站牌下停住，她也是在等车。

刚才看她一眼的时候，我就觉得这张脸的模样很熟悉。就又看了一眼，还是觉得很熟悉。

我开始以急快的速度，在大脑的记忆荧屏上搜索。很快，搜索的结果定格在一个人的身上——小满。

没错，她就是小满。虽然我已经有二十多年没有见到她了，但她那双美丽的大眼睛我是不会忘记的。

当时我有些激动，急切地走到她面前问："你是小满吧？"

女人很镇静，看了我一眼，说："你认错人了，我不叫小满。"

我自语着："你怎么不是小满？应该是啊！"

我看见女人对我笑笑。

小满是住在我舅舅家村上的一个女孩。在我十几岁的时候，常去舅舅住的村上玩，这样就认识了和我年龄相仿、长着一双美丽大眼睛的小满。

舅舅家的村南方向有一块草地，我和小满常去那里坐。我给小满讲故事，讲完故事就从草地上摘下一朵朵的花，送到小满的手里。

在我十七岁多一点的那年初夏，我和小满坐在傍晚的草地上，看着农田里耕作的人们，我一下想到王维的《新晴野望》。

我脱口而出："农月无闲人，倾家事南亩。"

小满说："哥，你将来一定有出息！"

我们开始一言不发，坐在那儿都没有回去的意思。

初夏的夜色笼罩了原野。

原野上的河流解冻了，远远望去，银白色的河水闪动着粼粼波光，缓缓地向下游流动着。

随着一阵阵青草的芳香流入心田，我开始涌起一股莫明的躁动，身体发热还夹杂着战栗。

于是，这个叫小满的女孩，在我少年时期懵懂的岁月里，成为走进我生命中的第一个女孩。

整个过程是慌乱的，只记住了小满说："哥，我疼！"

还记住小满当时哭了……

此事不久，父亲突然病故，我只好随母亲投奔姐姐家，去了另一个城市读书。

接下来的日子里就和多数人经历的基本一样，大学读书，拼搏事业，娶妻生子。

无论生活怎么奔波辗转，我始终没有忘记少年时期记忆中的原野、河流、青草、花朵、农田，还有长着一双美丽大眼睛的小满。

其间，我回去过几次探望舅舅、舅妈。

但当我和舅妈打听起小满的情况时，舅妈的回答让我迷惑不解。

舅妈说："小满？哪个小满？"

我说："就是长着一双大眼睛的小满呀。"

舅妈回答得很干脆："我们村压根就没有过什么叫小满的女孩。"

我不甘心，又问村里的其他人，回答的语调和舅妈一样。

此事如谜，藤一样缠绕在心。

后来与远在青岛的表弟通电话时，表弟向我讲述了小满的情况。

小满当年没有考上大学，就到县城的一家服装店打工。经人介绍，与一个房地产老板结了婚。当老板发现小满不是处女时，就和她离了婚。回到娘家后的小满，被父亲和哥哥捆上毒打，逼问她的初夜给了谁？

小满誓死不说。

小满趁人不备时，从家里逃了出去，从此下落不明。

村里人都认为小满的事给村里带来了耻辱，所以小满的名字在全村人的心中抹去了。

……

我断定8路站牌下的那个中年女人就是小满。为了期待再次见到小满，我曾经数次从8路起点坐到终点。

然而，终于没有见到小满。

一天，我正茫然走在大街上时，突然看到了小满。我正要喊她时，不知为什么，小满突然全身着起了火。火势在小满的周身上下蔓延着，小满被烧得在地上痛苦地翻滚……不一会儿，一辆救护车载着小满呼啸而去。

我使劲睁了睁眼睛，这是幻觉吗？

目击证人

郸城电视台正在播报一条消息：昨日 20 点 45 分，在本市委机关大楼门前发生一起抢劫案，目前警方正在对此案进行侦破。

为尽快破案，市公安局决定向社会公开通报案情，发动群众提供线索。现将警方提供的犯罪嫌疑人特征公布如下：该人男性，年龄在三十岁至四十岁之间，中等身材，有较强的奔跑跨越能力。警方希望广大群众积极配合，及时提供有价值线索者，奖励人民币一万元。

按理说，在这个城市里，每天发生的案子比这个危害性大的不在少数，可偏偏这个案子被提上了要案之列，还在广播、报纸、电视台上频繁发布消息。

也是，谁叫抢匪抢的不是地方，竟敢在老虎嘴上拔须，在市委机关大楼门前摆起了长枪呢！而且还不开眼，据说被抢的是省内某权威报社的一位知名领导。

想必是悬赏起了作用，第二天一早，就有一位叫霍大勇的男子来到市公安局，声称自己当时在案发现场附近经过，并且看见了抢匪抢劫的一幕。

这位叫霍大勇的出现，无疑是给忙了一夜的刑警们带来了极大的振奋。

刑警队长罗非立即向霍大勇了解当时的情况。

霍大勇说："我和朋友喝完酒，正往家走，突然听见有人喊抢劫了！还没等我反应过来，就有一个人和我迎面跑了过去，冲劲特别强，差点把我撞个跟头。"

霍大勇说到这儿，向上推了推眼镜，继续说："昨天酒喝得高了一些，双脚发飘，要是换做平时，我肯定追上去了！”

罗队长又问：“那你还记得那人的长相吗？”

霍大勇说：“当然有印象。”

罗队长就立即将霍大勇带到了刑侦科，指着小王说：“霍先生，这位是我们刑侦技术的肖像高手，你只要把你看见的犯罪嫌疑人的体貌特征讲出来就行。”

霍大勇听后，看看小王，神情有些犹豫了。

罗队长就对霍大勇说：“你不要有顾虑，我们警方对提供线索者是保密的。”

霍大勇见罗队长这样说，像下了很大决心似地，说：“那好吧。我记得那个罪犯中等身材，不胖也不瘦，他抢完钱后，就向马路对面跑去。在向对面奔跑时，和一辆自行车撞到了一起，那个罪犯摔倒在地上后，突然手一撑，脚一踮，又猛地从地上蹿起，双脚一下踏上马路中间的护栏，当时他的整个身体微微前倾，那架势，就像一只鹰。”

小王手握着电脑鼠标，轻轻地咳了一声，皱下眉头，对霍大勇说：“请您尽量描述罪犯的长相，比如说发型啊，脸型是圆脸还是长脸、眼睛大小、鼻子特征之类的，你只要凭记忆把你看见的说出来就行，我的电脑里有七大类上千种典型五官，覆盖东西南北男女老少上万种中国人的面部特征呢。”

霍大勇坐在电脑前，低下头取下眼镜，用衣服的下摆随手擦了擦镜片。“嗯……”他刚要讲话，忽然想起了什么，又匆匆往口袋里掏了掏，掏出了一支香烟夹在指间，并不点燃。

思索了好半天，霍大勇坐直身子，一口气说出了罪犯的如下长相特征：

“他圆脸，方寸头，年龄不超过三十五岁，鼻子很大，也不是鼻子很大，就是鼻头的地方特别宽厚，眉毛很浓，嘴唇好像很薄。”

霍大勇指着电脑里的脸部模型说：“对，就是这样的，下巴再收一收，鼻头好像又大了点，眉毛再粗一些，再粗一些。”

一上午的时间，小王在霍大勇的帮助下，已经部分确定犯罪嫌疑人的面部特征，接下来还要进行最后的五官组合处理。

剩下的工作小王能够独立完成，霍大勇便跟随罗队长去做笔录。

笔录结束后，罗队长起身握住霍大勇的手表示感谢。

霍大勇望着罗队长问："那悬赏金……"

就在这时，罗队长的电话响起。

罗队长挂断电话后，门外冲进来几位刑警，一下将霍大勇按在沙发上，带上手铐。

罗队长马上明白了什么。

他迅速地走向刑侦科，见那电脑上组合好的图像，明晃晃地框满了整个电脑屏幕，看看电脑屏幕里的霍大勇，再看看还在震惊中的小王，罗队长笑了。

秋　天

在郸城，“大台北熟食店”的酱猪手是最受人们喜欢的。

这个店的猪手吃着香气溢口且又劲道，很讨郸城人喜欢。因此，大台北熟食店在郸城颇有名气。

站柜台卖猪手的是个女孩，名叫晓婉。记不得从什么时候开始，晓婉发现了一个女人也到这里来买猪手。

按说，顾客到店里来买猪手，这是很正常的，不存在什么发现或不发现的事情。有了这种发现，是因为女人每次到这里来买猪手时间的规律性，让晓婉感到很奇怪。

女人每次来买猪手的时间大都是在每个月的最后两天。

女人的这种准确的、毫无偏差的规律，让晓婉从心里有了一种好奇的探寻，很想知道女人为什么偏偏喜欢在这两天里吃猪手。

女人年纪在四十岁左右，一身职业装利落得体。

女人高挑个子，脑后盘发髻，修长的脖子和修长的身材笔直挺拔。在晓婉的印象里，女人的每次来去，都是踏着一、二、三的节拍，十分高傲的节奏。这让晓婉对她望而生畏。

因此，晓婉几次想问女人的话，一直没敢问出来，搁在心里是个谜。

女人每次来都告诉晓婉，挑一个大的猪手，她只买一个。

女人说话的时候，并不看晓婉一眼，她只看猪手。

这让晓婉心里很不舒服。

不舒服也要为女人服务，这是晓婉的工作。

晓婉就用夹子从货盘儿里，挑出一个大些的猪手，装入食品袋放在电子秤上。每当这时，女人便从晓婉手里要过夹子，拨开食品袋，优雅地点一点猪手，像是判断成色。

做着这些时，女人也不看晓婉一眼，她仍只看猪手。

晓婉从认识这个女人开始，就没见她对自己笑过，这让晓婉感到只要女人来买猪手，周围便一下变得冰凉，甚至连空气都是冰凉的，晓婉觉得自己的动作都变得僵硬起来。

渐渐，晓婉开始惧怕这每个月的最后两天来临。

又一个月底，女人又是踏着一、二、三的节拍走进店里。

女人是右耳贴着手机说话走到晓婉面前的。

女人依然不看晓婉，只用手指了指猪手。

晓婉领会女人的手势，按惯例给女人挑了一个大一些的猪手，装入食品袋放到电子秤上。

女人还在通话，哦，火车晚点了，没关系，我等你一起吃。

女人通话结束后，顺手把手机放在柜台上，拿过晓婉手里的夹子。

女人拎着猪手走了。大约过了十分钟左右，女人又折了回来。

她依然是眼睛向上问晓婉，我手机没了，是不是忘到你这儿了？

晓婉摇摇头。女人便不再问，走了。

记不得从什么时候开始，晓婉突然发现那个女人不来买猪手了。

女人的那个规律，不知道被什么打破了。

晓婉的心里有了隐隐的快意。

可是有一天，仍是月底的最后两天，女人又来了。

这次，女人没有对晓婉发出要买一个猪手的指令。

女人站在柜台前，看着猪手许久，眼里便有了泪花。

女人刚要离去时，晓婉终于鼓起勇气问，大姐，怎么不买猪手了？

女人回头，眼里一片茫然说，他再不回来了！

说完，女人第一次没有踏上节拍，慌乱着步子，走出去了。

望着女人走去的背影，晓婉的心里突然有了一种莫名其妙的哀伤。

不久，晓婉就离开了大台北熟食店，去了一个谁也不知道的地方。

晓婉走的时候，正是这个城市的秋天。

男 人

我和他的婚姻已经持续了七年，这七年让我心力憔悴，苦不堪言。

从结婚到现在，我始终生活在乌云里，没有一天阳光过。

如果我参加单位的饭局或者和朋友聚会，回来晚些，他总是鼻子不是鼻子脸不是脸盘查我，和谁吃的饭？几男几女等。更可气的是，他还半夜爬起来，偷偷查看我的钱夹。

早上睁开眼睛，他第一件事准会问："昨晚吃饭谁埋单？"

我不回答，他便会暴跳如雷，骂我傻×，说我埋单了，说他发现我钱夹里的钱没了。

如果我买了件新衣服，他就会左瞧右看，问："是不是哪个男的给你买的？"

类似这样的问话，我从来都是懒得回答他。

我喜欢写作，而且发表过一些比较有影响的小说。对此他不屑一顾，还经常讥讽我说："当老婆都当不明白，还总写鸡毛小说呢！"

有一天，我突然决定马上和他离婚——这是早就有的想法，只是没有行动。

我隐约感觉到，不和他离婚，我的生命迟早会被他一点点蚕食了。

我向他摊牌时，他一百个摇头不同意，说："不离，拖死你也不离！"

后来我采取分居，并向法院递交了离婚诉讼请求。

为了争取到儿子的抚养权，我的这场离婚官司打得异常艰难，最后我终于赢得了儿子，却失去了婚姻其间应该属于我的一部分财产。

法庭上，他把我贬损得一文不值，说和我过日子都不如和农妇幸福。

更可气的是，法庭上他竟会因为一个家用喷气电熨斗，和我争得急赤白脸。

最后我什么都放弃了，只要能跟儿子在一起，我真的什么都不在乎。

在家里闷久了，儿子一直嚷着要外出游玩，我决定带着儿子到坝上走一走，看一看，呼吸一下草原上清新的空气，也顺便放飞一下郁闷的心情。

淘气的儿子来到坝上，立刻被眼前蓝蓝的天空，一望无际的绿草地吸引了。他撒开小腿快乐地奔跑起来，可能是小家伙过于兴奋了，一不留心，就崴了脚。

小家伙疼得哇哇大哭，我急得在一旁直冒汗，却不知所措。这时，他突然像天降神兵一般，来到我和儿子面前。

他打开了自己随身背的一个大大的旅行包，里面分层而设，什么防寒衣物、手电筒、旅行水壶、打火机、瑞士军刀、小型指南针、各种应急药品、快餐食品……

他先是观察了一下儿子的伤势，发现小家伙的脚踝骨有一点红肿，就找出一瓶冰冻的矿泉水敷在了儿子的脚踝上，而后又为红肿处进行了简单的消毒，接着又敷上了药膏，并包扎了一下。

就这样，我们相识了。

旅行结束分手各自回到自己的城市之后，我们开始用手机短信聊天。

短信中，我们谈论着工作、生活、人生还有爱情。

随着日子一天天地消失，我们彼此有了更深的了解。

我知道他是一个单身男人，妻子几年前就离开了他。更重要的是，他喜欢阅读小说。

写字的女人，心里很容易接受温暖。

有一次他发短信给我：男人如果爱了，就要懂得责任、担当、忠诚，甚至敢为爱情牺牲生命。

看完短信，我哭了，哭得一塌糊涂，好像要把我经历的那七年婚姻中所承受的委屈全部哭出来。

我们情不自禁地相爱了。

有一天，他又如同天降神兵一般出现在我和儿子的面前。

他为了我和儿子留了下来，辞掉了在那个城市的工作，并在一家报社找到了工作，做旅游版的编辑，这份工作很适合他。

他对我和儿子都是那么好。

儿子在他的宠爱下，成了一个最快乐的小男孩；我在他的宠爱下，成了一个最幸福的女人。

那天是儿子的生日，白天我们带着他去游乐园玩了一小天。然后，我们把他送到了我父母家，因为晚上钢琴老师要过来给他讲课。等儿子上完课，再由他姥爷、姥姥陪着他回来一起吃生日宴。

我们两个送完儿子，就开始回家准备晚餐了。感觉时间差不多了，我们两个走出家门，去那家名叫“波利西斯”的蛋糕房给儿子取预定的生日蛋糕，儿子特喜欢吃那里的蛋糕。

取了蛋糕，我们便往家走。

当我们走到二楼时，忽然听到背后传来急匆匆的脚步声，没等我们回过神，已经冲上来三个人，他们不由分说，上来就抢我的包。他一下子冲到我的前面，用整个身体护住了我的身体。

怕我受到伤害，他拼着命保护我，哪知这竟是一伙亡命之徒。厮打中，其中一个家伙突然拔出刀子，残忍地刺中了他的颈部，血瞬间流了下来，染红了他身上穿的那件白色T恤，我把他紧紧地抱在了怀里。

那三个人感觉情况不妙，抓着我的包，三步并作两步跑下楼。我再低头看他时，感觉他的气息已经很微弱了。

他就这样死在了我的怀里。

年轻时的事

他和她结婚八年，他和她就争吵了八年。

说不出为什么争吵，也说不出争吵是为什么。

吵架时，他说每次吵架都不怪自己。她说不怪你怪谁呀！

他说怪天呀！怪我的眼选错了人呀！

她就不语，一旁嘤嘤地哭泣。

他有过离婚的打算，可一看到很可爱逗人的儿子，心就软了。

对生活别无选择，他只好无奈地叹气……

一日，他去商场购买物品，在柜台里他发现了自己最喜欢的浅蓝色丝袜，他就没有犹豫地买了一双。

回到家里，他就把这双刚买的丝袜穿在脚上。

他觉得这双袜子稍小了一些，但并不是不能穿，他就穿着这双袜子上了一天的班。

下班后，他发现自己的大脚趾把这双新买的袜子顶出了一个窟窿。他不经意地把袜子脱下，随手甩在墙角处，说选物不同选人，选中的物品发现不适可以随手扔掉，人就不行喽！

她听他说出这样的话，又看看被甩在墙角处的袜子，心里突然感到冷，有泪涌上眼圈，但她却没说什么，更没像往日那样和他争吵。

不久以后的一天，他突然看见被自己甩掉的那双丝袜穿在了她的脚上。那个被他脚趾顶出的窟窿，已被她完好地缝补上。

见他挺惊讶，她就说坏了的袜子，缝补上还叫不叫袜子？

他说叫呀！叫袜子！绝对不叫帽子！

她就自豪地说袜子坏了可以缝补上，感情有了裂痕也是可以缝合的。

他听后没语，认为她的话是很有道理的。

这以后，他和她就没有再吵架。其实不是没有吵架，而是刚要吵架时，他和她就不约而同地想起了那双缝补好的丝袜。

再以后，他和她就真的不再吵架了，一直很和气地过到年老。

年老时，他和她都极喜欢拿出那双已经缝了五块补丁的袜子细细地端详。

这时，他和她就都同时说年轻时的事真有意思！

读 书

丹阳的经历有点特别。

她在六岁之前是农村小孩，父母是城郊的菜农。六岁之后，菜地突然变成高楼，丹阳和父母就有了城市户口。

但是，丹阳和父母的生活并没有城市化。他们只得到一套两居室的楼房，只得到很少的钱。

的确很少的钱。

那时候法律和监督都有太多的疏漏，农民卖地和卖地的钱都由村长或村支部书记做主。钱到底是多少？都到哪里去了？村民和村委会算不清楚，变成一本永远的糊涂账。

长大的丹阳听爸爸说起这件事时，觉得很大部分原因取决于像爸爸一样的村民。

丹阳很不理解，爸爸上过学，为什么不识字。

爸爸说整天泡在松花江里玩，学什么学。

爸爸只能写自己的名字，还写不好。这样的父亲们能算明白账才是怪事。

丹阳住的小区院里大部分是被安置的菜农。

丹阳在心里称他们为父亲们。那些辛苦的父亲们都和自己的爸爸一样不怎么识字。

所以，他们会说，老孔村长人不错。村子都没多少年了，你看老秦太太死时，他还给安葬费了呢。

所以，现在已有众多产业的企业家，从前的孔村长，用他改不了的山东腔让他的老臣民们猜一猜身上穿的衣服多少钱时，父亲们都露出艳羡来：三千元！皮尔·卡丹！一件只盖半个屁股的西服上衣，就是长到脚踝骨也不值这多钱啊。

丹阳这时候眼里总闪着冷冷的光，下次学习成绩一定更好。

有人说，丹阳冷起眼睛时，很像她死去的妈。

这是丹阳心里的痛，她不喜欢别人提。

妈妈和爸爸是同学，同样读很少的书，但不同的是，妈妈仿佛没有白读书。当菜农变成城市无业穷人时，妈妈带着村民开始上访。

上访到第五年春天的时候，上访的队伍里只有妈妈一人在坚持。她去做一个知情人的工作，必须走过正在跑冰排的松花江，她知道很危险，还是过去了，返回时，一块冰排沉了下去，妈妈永远没回来。

那时丹阳十一岁。

在之后的几年里，丹阳努力地回想妈妈平时跟她说的最多的话，竟然是：你要好好读书，好好读书。

想起这句话的时候，丹阳已经有了更多的理解能力，她知道读好书，自己就有智慧和能力解决一些问题。

这几乎是她学习的所有动力。

就在这时，她发现穷人有自己解决问题的方法。

秀秀，这个和她一样大的女孩子，突然穿起吊带黑纱裙子，大红色的高跟皮鞋，她纤细未发育成熟的身体和她衣饰焕发的风尘气息极不相称，但步态和表情已经完全失去了从前的样子。

秀秀美丽了，但不自然，如同秀秀家突然好起来的生活，极不自然。

邻居的眼神荡漾着艳羡的时候，丹阳彻底糊涂了。

还有更糊涂的事情。

二柱在私营企业的工作台上失去右手，律师帮他讨回十八万元的赔偿，但几千块钱的律师费，二柱却坚决不给。

双喜叔以收购旧家电为生，一次交易时顺手拿了人家梳妆台上全套的首饰，为此蹲两年监狱。

这些人都怎么了？丹阳心里不住地问。

难道失去土地就失去了方向？难道没有钱就没了尊严？

高中三年，丹阳的脑袋里一直有这个问题在盘旋。

有相当长的时间，她打定主意要学法律当律师，为妈妈那样的人讨回公道。

可是，在填高考志愿的时候，她突然改变了主意，这个品学兼优的女孩子把所有的志愿栏，全都填上了和教育相关的大学。

手　足

江湖江海是兄弟俩。像很多兄弟一样，两人的质地相去很远。江湖是那种怎么娇宠也惯不坏的孩子，天生持重沉稳。江海却打小被父亲一手娇惯成浑小子，直到十七岁时把父亲气死算是彻底定了型。

江海天不怕地不怕，除了长他十岁的哥哥江湖。

对江海来说，江湖是唯一一个打他而他不敢还手的人。原因很简单，只要他出了事，无论万水千山，无论酷暑严寒，江湖都会在第一时间赶到江海身边，给他收拾乱摊子。

江海再浑也知道，这个世界上真心关心他并且有能力给他解决麻烦的只有哥哥。

像一切坏小子一样，江海娶了个好姑娘，生了个好孩子；像一切坏小子一样，江海以折磨妻子和岳父岳母为乐事，直到他们有生不如死的感觉。

哥哥江湖为此把江海打得鼻口流血，但他仍然不能做一个好丈夫。江湖就把江海的婚姻解散，放好姑娘重觅好人家，而把侄女领回自己家，由妻子精心养育。

江湖心里有期待，盼望着慈祥的时间老人可以重新给他个好弟弟，哪怕江海那时四十岁或五十岁。

可是四十岁时，江海从愣头青成了一个更加纯粹的流氓加无赖。

江海总是去饭店白吃白喝，饭店主人只好去找哥哥江湖。这样江湖每天都要迎着一股葱花味，从兜里给人店主掏钱。掏了一个月，当第三轮开始的时候，江湖冷眼面对讨账的人：成心吗?！我告诉过你们两次了，他再去白吃你们给我打电话，再一再二不再三，这账我不付了！

江海这时候吃喝嫖赌坑蒙拐骗外加吸毒，整个成了一废人。江湖抓到他时，他正给自己打吗啡。江湖照例给他一顿暴打，最后说：你滚得远远的吧，如果你还知道自己是父亲，为女儿想想，有你这样的父亲，你要她今后怎么做人？

江海走了，一走就是五年，音信皆无。江湖从来不提他，但是逢年过节，家里座机和自己手机骤然响起的时候，总是江湖第一个抓起电话。

2009年春节刚过，一个陌生的电话打来，深圳警方告知，江海死了，死在街心公园的木椅上。

警方说是这样找到江湖的，他们从死者身上发现电话号码本，按顺序拨了第一个电话。

随后警方通过电子邮件传来了死者照片。

江湖去深圳之前要侄女买双纯棉袜子：丫头，大伯要出差，想穿侄女买的袜子呢。心里想的是，弟弟是有后人的，弟弟上路时理应带上女儿的孝心。

江湖带了剃头用具，预备了新衣服，给弟弟江海收拾得干干净净整整齐齐。他一边给江海穿袜子一边告诉他：你的女儿很争气，学习好，性格也好，谁都喜欢她。

第二天，江湖拿上江海生前的照片去他经常出没的地方，江湖把那里的小饭店走了一遍，挨家挨户询问照片上的人是否有欠账。店主们拿过照片看了一眼就老熟人似地笑起来：东北佬，总在我这儿吃饭，没欠过钱啊。

江湖带着江海回家的时候，只想着藏好骨灰盒，不能让侄女看到，他和妻子有约定。可侄女第一眼看到他时，突然扑上来抓住他的胳膊大哭，吓了他一跳。侄女呜咽着说：大伯，你怎么了？头发全白了，胡子全白了！

江湖这才站在镜子前认真地看了下自己。

看着一下好像老了十岁的自己，看着和江海生得一模一样的眼睛，江湖忽然流泪了，流了一脸又一脸。

让姨奶想疯了的那个人

让姨奶想疯了的那个人叫孙保会。

这个名字我记得这么清楚，是因为我听了太多遍。

那时候，我的疯姨奶和我奶奶盘腿坐在炕上，穿着同样黑灯芯绒大襟袄，两尊小佛一样端坐着。

两位老太太总是因为那个叫孙保会的人争论不休。

姨奶说：孙保会啊，这人真是让我捉摸不透。我们住的地方离火车道近，远远听见火车的鸣叫声，孙保会侧耳听着，火车开上松花江大桥了，轰鸣声震得屋子颤抖，他才带上毡帽出门，你猜怎么着？

我在地下给弹弓换皮筋，看见奶奶撇撇嘴没吱声。

姨奶接着说，孙保会上了火车道，火车正好开过来，他一伸手，双脚弹起，只见西服后襟一飘，人就站在火车的脚踏板上了，一股白烟，就跟火车一起没影了。

奶奶说，你见了，尽是胡说。

姨奶没理奶奶的话茬，双眸凝望窗外的远处，说，孙保会啊，真是狠心，你说他怎么那么狠心？竟是个地下党，跟我牙口缝没露。我嫁了他五年，整整五年。

奶奶说，要不怎么说你傻呢？蠢呢？跟人家过了五年，还不知道真名实姓，家住何方，到底是干什么的，啥也不知道。

姨奶仍自顾说，孙保会啊，他对我可好了，陪我烫长发，领我下馆子。我过生日，他问我要什么？我说要金戒指。他就带我去金店，挑来选去，折腾半天也不买，我都生气了，摔了门出来，孙保会在身后跟着我拐进列巴店后面，他说，看看你的手吧，我一看，呀！左手无名指上有一只亮光闪闪的金戒指。

奶奶瞪一眼说，疯话，你看哪个地下党干这样的事情？

姨奶又是没理奶奶的话，继续说，孙保会啊，和他交往的人各个有模有样，料子西服，锃亮的大皮鞋，贼眉鼠眼的人都近不得他身前。

奶奶说，呸，好不害臊，还有脸说呢！一个大姑娘家家的跟人跑了五年，这就是爹供你上学的结果。

姨奶这会儿的眼里有了些许的泪花，说，孙保会啊，我是真想他，那几年可把我想坏了。

奶奶说，呸，这么大岁数了，还不说正经话。爹带着人拉你都拉不回，让你等吧，又等五年，那人还不是人影不见？

姨奶说，你说也怪，怎么一句话没留就走了呢？再也没见到，我怎么找也找不到。

奶奶说，把你玩了呗，到底不是明媒正娶。为了个浪子，你疯了一辈子，值吗？

这时候我把弹弓收拾好了，抬头看着疯姨奶，她仓皇落寞的脸上有浅浅的泪痕，不知为什么，我的心突然动了一下。

姨奶见我看她，笑了。

奶奶突然也笑起来，那年我十二三岁。

前几天，等着退休闲得无聊，我便会无来由地想起许多旧事，一时心血来潮，在百度里输入"孙保会"三个字，一下子现出若干条，我随意点开一条，上书：孙保会，原名孙祚庥，地下党哈尔滨滨江站站长，"九·一八"后多次组织破坏日满铁路运输线，秘密接送抗联将士往返各战区。1935 年 8 月 8 日炸毁滨绥铁路苇子沟段，使整列军用物资毁于大火，为东北抗联秋季战役的胜利做出了重要贡献。

孙保会 1937 年 4 月 5 日被捕，牺牲于北满特别区警务处，时年三十一岁……

我想我该补充一句，姨奶一生漂泊，没有再结婚。年老时（我小的时候）经常住在我家或大舅爷和二舅爷家。

1967 年某月某天，姨奶独自从大舅爷家去二舅爷家时走失。

烈 士

秋风四起，落叶被风裹挟着旋起又摔下，呜呜地悲鸣。

这是苇子沟1935年晚秋的一个傍晚。

福升商号的老板倪士亭和太太李婉花，被押在伪警察署一间闲置不用的房子里，外面有两名伪警察看守。

倪士亭和李婉花倚墙席地而坐，李婉花的身体在倪士亭的怀中就像窗外仍挂在树上的残叶，瑟瑟发抖。

窗外下起了雨——一场霜降前的冷雨。

雨打在窗棂上噼啪作响，一股冷气便从窗子的缝隙中窜进来。

李婉花的身子抖索更厉害了，她毅然地从丈夫怀中挣扎出来，双臂交叉抱住肩头，像是要稳住自己。

倪士亭再次把太太揽在怀里，他的心很乱，在日本留学五年的倪士亭，最清楚等待他们的是什么。他低声说："记住，你什么也不知道。"沉寂了一会儿，他把散在李婉花脸前的长发拢在耳后，说："不管遇到什么，我们都不能出卖组织，打死也不能说。"

李婉花直起身子，半跪着把嘴贴在倪士亭的耳边，说："放心吧，打死也不说！"

倪士亭长吁了一口气。

翌日，苇子沟的日本宪兵队队长西岛赶到伪警署，他要亲自审讯倪士亭夫妇。

倪士亭被带到刑讯室。

倪士亭看了一眼西岛，什么都没有讲，挥下手，示意他们动手吧。

各种刑具几乎用遍，也未能让倪士亭张嘴说话。

倪士亭被打得死去活来，但他脸上仍是从容平和，一双眼睛清亮如常，目光如剑直指西岛的那张紫红的脸上。无奈，西岛摆摆手，意思是将其拖走。

李婉花的哭声让倪士亭清醒过来，见倪士亭醒来，她攥着拳头说："士亭，你一定要挺住，挺住，多少生命都在我们的手上。"倪士亭闭上眼睛，心里长叹一声："婉花，婉花，你哪里知道，我最担心的是什么？是你！"

夜深了，李婉花沉沉睡去。但倪士亭却无法入睡，他心里在激烈反复地斗争着。他在决定一件事情，这件事情的完成，将意味着他背着痛苦走完他今后的一生。

没有时间犹豫不决了，倪士亭下了最后的决心。

倪士亭跨上李婉花的身体，双手死死地卡住她的脖子，直到李婉花瞪着一双惊恐的眼睛停止呼吸。

倪士亭伏在妻子身上无声啜泣："婉花，你是女人，你扛不住，那个罪不是常人能受住的！如果出了差错，我们组织的损失就更大了！……"

李婉花的尸体被李家哥哥拉走后，葬在了苇子沟的北山上。

第二次审讯变本加厉地严酷，但倪士亭仍牙口紧闭。

接下来一连数日，却没有审讯，倪士亭像是被人遗忘的废弃物，没人理睬，吃饭都没人管，实在忍熬不住饥饿时倪士亭拼命敲打门窗。

他的时间都用来看窗外的落叶，一阵疾风扫来时，落叶成阵，飘忽如他熟悉的岛国缤纷的樱花，一阵清幽的琴声响起，是《樱花》曲调，单纯如生命单一的终结方式：死亡！

这样的景致和心情久久徘徊不去，如同那单调的琴声，一遍遍提醒他，生命若樱花，终将成泥。

西岛第三次提审倪士亭时，在他的脸上已经看到死尸般的枯槁之色。

优雅宽敞的单间，桌上摆满了酒菜，舞女们一旁侍奉。西岛笑眯眯地看着他，酒菜的香气伴着琴声飘逸。

倪士亭端起酒杯，犹豫地玩味着，最后一饮而尽。舞女们蜂拥而上，把倪士亭架到屏风后面去了……

之后，苇子沟地下组织相继惨遭破坏，十几名地下党员遭到日本特务的枪杀。

上级组织研究决定，立即派人铲除叛徒倪士亭。

奉命执行除奸任务的是苇子沟抗日游击队的一名侦查员。腊八那天早上，一场小清雪过后，侦查员尾随着倪士亭的脚印，跟踪到苇子沟的一家大烟馆，在床上捉住了倪士亭。

手枪顶在了倪士亭的脑门上，侦查员正要勾动扳机时，倪士亭说：“慢，我知道我罪有应得，但要澄清一个事实，我太太李婉花是我亲手杀害的，她不是叛徒。”

讲完，倪士亭被一枪毙命。

侦查员向组织汇报了倪士亭杀害李婉花的事情，但苦于无人证明倪士亭的话是否真实，便将此事搁置下来。

苇子沟解放后，当年那两个看守倪士亭夫妇的伪警察，主动向政府坦白了李婉花的被害经过。

李婉花被追认为革命烈士，她的遗骨被安葬在苇子沟革命烈士陵园。

天　真

一次，我去郸城出差。

冬天。

哑巴冷的冬天。

火车轮子把路基上的雪带起，雪花便在车窗外狂舞飞扬。

我在的车厢，人不是很多，有的座位还空着，因此整节车厢就显得特别的空旷。

车厢里空旷，车身就感觉摇晃，其实这也只是我自己心理上的一种感觉吧。

坐在我对面的是一个女孩，一张苹果脸，眼睛不大，但看着却挺有神。

通常情况下，我喜欢和坐在我对面的人聊天，尤其是女孩。

女孩那排的座椅上只她自己，而我这边也只有我一人。这大冷天里，一点生气都没有，感觉上空空落落。便几次想和女孩搭讪想聊点什么，但发现女孩全神贯注地读着一本诗选刊，便只好作罢。

我从包里掏出蒙田的《随笔集》。

翻动书页的声音，惊扰了女孩，我感觉女孩在看我。

果然，女孩和我说话了。

女孩问我："大哥，你看的什么书？"

我回答说："是蒙田的《随笔集》。"

女孩随即又问："蒙田是谁啊？我怎么没听说过。"

我告诉她，蒙田是法国文艺复兴之后最重要的人文主义作家，他的

《随笔集》有“生活的哲学”之称，在世界散文史上占有重要地位。他还当过法官，做过市长。

女孩听后一脸的疑惑，又问：“大哥，你是做什么工作的？”

我说：“我是倒弄地瓜生意的，这次到郸城搞一下市场调查，准备往这里发几车皮地瓜。”

显然，我的回答令女孩不可思议。

女孩说：“倒弄地瓜的还读蒙田，太有意思了！”

我说：“喜欢读书是不分职业的。”

之后，我看了一眼女孩手里的诗选刊，问她：“你喜欢诗歌？”

女孩来了兴致：“是的，特别喜欢诗歌。我还写诗，发表过一些，但都是在我们市的小报上发表的，我笔名叫麦子。”

我想都没想，就说：“麦子，一个富有食欲的笔名。你的笔名与你的诗歌相比，有点喧宾夺主。”

“你想想，读者一看到麦子两个字，就会条件反射开始琢磨怎样吃掉麦子，这样谁还会有心思读诗呢！”

女孩没有听懂我话里的另一种调侃的含意。

女孩一下站起，右手还拍了一下膝盖，说：“大哥，你说的有道理呀。”

我抬头看一眼女孩，说：“麦子你别激动，坐下咱慢说。”

女孩就坐下了。

我又问：“你都喜欢读谁的诗？”

女孩也是想都没想，就回答说：“李白、杜甫，还有席慕容。”

“没了？”

“没了。我就喜欢这三个人的诗。”

我摇摇头，说：“喜欢这个三个人的诗没错，但你也要拓宽一些阅读的视野。你可以读一下歌德、拜伦、泰戈尔、雪莱、海涅、叶芝、莱蒙托夫、惠特曼等人的诗歌。从阅读中，你可以借鉴他们诗歌写作的技巧。”

女孩皱皱眉，一脸吃惊地看着我，说：“大哥，我看你不像是倒弄地瓜的，你是诗人吧？”

我说："倒弄地瓜就不行懂得诗歌吗？"

女孩想想说："地瓜与诗歌，它俩根本不挨边。"

（我没有告诉女孩，我是一名自由职业写作者。）

女孩从包里拿出两盒果汁，把一盒递给我。

我说："谢谢！我有矿泉水，上车时老婆给买的。"

女孩看一眼矿泉水，问："就这一瓶？"

"就这一瓶。"

女孩咯咯地笑："你老婆挺有意思。"

我说："我老婆这人不仅挺有意思，还很会做生意。郸城的海鲜市场和所有的海鲜酒店卖的海鲜品，都是我老婆胡半天从飞机上运过来的。"

女孩认真地问我："你老婆怎么叫胡半天这个名字？"

我告诉她说："我老婆白天能睡觉，特能睡，一睡就是小半天，所以我就叫她胡半天。"

女孩又咯咯地笑。

女孩说："大哥，你太有才了。"

我们又聊了一些别的。

车到郸城终点站时，女孩突然对我说："大哥，我想请你吃饭，行吗？"

我说："当然求之不得。"

下了火车，和女孩吃过饭后，女孩和我好像还依依不舍。

我就干脆说："麦子，和我去宾馆住吧。"

女孩想了一会儿，像是下了很大的决心，说："好吧，谁让我这么崇拜你呢。"

到了宾馆的房间，我和女孩先后洗了澡，然后就上床。

女孩的身子很白，在我看她的身体时，她闭上了眼睛。

我伏在女孩的身体上，吻了她的脸，吻了她的唇及胸。

后来，不知为什么，我突然克制住自己，从女孩的身上下来，没有继续下去。我告诉女孩，我累了，让她先睡，睡醒我们做爱。

女孩点点头。

在女孩睡着了的时候，我悄悄穿衣起床，走出了宾馆。

我最终没有和这个叫麦子的女孩做爱，我想这并不仅仅因为她的天真，应该还有其他。

白　狐

他是在外面有了外遇之后，才回家和妻子闹离婚的。

妻子当然不肯离婚。

妻子对他说："离婚可以，但你必须给我一个理由。"

他没有理由给妻子，所以离婚的事情就这样一直拖着。

他对妻子采取分居、冷淡等令人难以接受的一些方式，来逼妻就范。

久之，妻子难以承受这种冷酷的生活，便答应了离婚。

在办理完离婚手续各奔东西的那一刻，妻子流着泪，咬着牙齿对他说："我把一生最美好的青春时光都给了你，可你竟这样对待我！你等着！"

说完，她一使劲扯了一下八岁女儿的衣袖，走了。

离婚后，他就把另一个女人娶回了家。

那一段时间，他可谓是春风得意，凭着自己的才华和上下周旋的本领，很快就坐到了县财政局局长的位置上。

在做了几年财政局长后，他又有了一次升迁的机会。

县里要提拔一名主管财贸的副县长，他是候选人之一。组织上对他进行了业绩考核，县委书记还就此事找他谈过一次话，看架势就等任命下批文了。

深冬的一天下午，快要下班时，他的手机铃声响了，是一个女人的声音："局长您好！今晚想请您吃个便饭，肯给面子吗？"

他的语气顿了一下，问："你是……？"

对方马上说："我是白鸽呀！咱们认识的，一起吃过饭。"

他极力地在大脑中搜索白鸽这个名字，但没有搜索到。

也难怪，他一个财政局长，每天都在接触各色男女，即便是一起吃过饭也忘记了。

女人在电话里催促说："局长，给个面子吧，我已经定好了酒店，在新弯路的'名厨小吃'208间。"

他略想了一下，最后答应赴约。

晚六点他如约而至。推开包间的门，一个高挑个、身材窕好的女孩站起，自我介绍说："您好局长，我是白鸽。您是贵人多忘事，把我忘记了。"

他笑着说："哪里，哪里。"

他们开始喝酒。

他喝白酒，女孩喝啤酒。

喝酒时，他开始细细地打量着这个叫白鸽的女孩。

女孩二十六七岁的样子，长发披肩，肤色很白，穿着一条咖啡色的靴子裤，上身是一件白色宽袖针织毛衣。

女孩还吸烟，吸的是那种细长支香烟。

醉眼迷离时，他对女孩说："我喜欢吸烟的女人，尤其是那种夹烟的姿态很美。"

女孩不说什么，只是咯咯地笑。

酒后，女孩提议去KTV唱歌。

在KTV的包房坐下后，女孩开始给他唱歌。

女孩唱的第一首歌是《白狐》：

我是一只修行千年的狐
千年修行 千年孤独
夜深人静时
可有人听见我在哭
我是你千年前放生的白狐
你看衣袂飘飘 衣袂飘飘……

女孩的歌声哀婉，双眼凄迷，随着衣袂飘飘，她的长发也在飘飘。

女孩唱完歌坐在沙发上时，他就十分爱怜地把女孩揽在怀里，用纸巾帮女孩擦去眼里的泪花。

女孩半跪在沙发上，双臂环绕着他的脖子说："亲爱的，谢谢你这么体贴我。"

他和女孩就抱在了一起，吻在了一起。

女孩就成了他的地下情人。

他和她约会时十分谨慎，每次吃饭、唱歌他都挑人少的地方去。唱歌时，他就要女孩为他唱那首《白狐》。

他对女孩说："你就是白狐，那只一千多年前被我放生的白狐……"

日子如水，在人们的指缝间悄悄地流过，转眼就到了年底。让他震惊的是，主管财贸的副县长竟然是从外县交流过来的，已经走马上任。

他百思不得其解，便去找了县委书记。

县委书记说："你不来，我也要找你。"说完县委书记从抽屉里拿出一支录音笔交给他，说："拿回去，自己听听吧！"

他走出县委书记的门时，身后传来县委书记的一句话："组织上用人是需要德才兼备的呀！"

回到办公室，他急着打开录音笔，录音笔里传出他和白鸽在床上及白鸽喊他名字的声音。

他气得大骂了一句："这个骚狐！"便立即拨打白鸽的手机，却是已经关机的提示音。

从这以后，他一直未能找到那个叫白鸽的女孩。

不久，他被免去财政局长一职，关系挂在组织部，被闲置起来。一天，他突然接到了一个电话，是他前妻打来的。

前妻说："那个叫白鸽的女孩，是个卖肉的小姐，是我花钱雇用来的！哈哈哈……"

他听后大惊，一下瘫坐在那儿。

他一下明白了谁是真正的白狐。

镶牙左

苇子沟的镶牙左，原来不叫镶牙左，叫镶牙左是后来的事情了。

镶牙左原来叫左狗剩。

左狗剩小时侯得麻疹，几天下来烧成个死孩子，爹就把他扔乱坟岗子了。

娘惦记着儿，夜里睡不着觉，就去乱坟岗看，发现儿躺在那儿正嗷嗷地哭呢！

娘就把儿喜滋滋地抱了回来。

病好后，爹拍着儿的小屁股蛋儿，乐呵呵地说："儿命大，该着左家不断后，狗嘴里捡了条命，就叫狗剩吧。"

左狗剩八岁这年的春分时节，苇子沟流行一场怪病，爹娘全死了。

苇子沟还死了很多人，而左狗剩再次躲过人灾活了下来。

左狗剩成了孤儿。

没了爹娘的孩子苦，从此左狗剩开始东一家西一家地讨饭吃。

用左狗剩自己的话说：苇子沟家家户户都吃了个遍。

苇子沟的人说："狗剩这孩子机灵懂事，眼里有活儿从来闲不着，吃饭不但看人脸色，而且净挑剩菜剩饭吃。"

左狗剩吃百家饭长成了大小伙子，只是后天的缺欠没办法，他还是瘦瘦弱弱的。

长大了的左狗剩，去苇子沟王大膏药的药铺当了伙计。

寄人篱下的日子终究不好过，左狗剩不爱言语、胆小怕事。

一只老鼠在他面前跑过，他都要吓得大叫一声。

苇子沟的爷们就都嘲笑他，说他是连半个女人都不如的男人。

左狗剩当了药铺的伙计不久，日本兵驻进了苇子沟，人们开始心惊肉跳地过日子。

临近年关，铺子里要进一些紧缺的药材。别人拖家带口事事忙，只有左狗剩光棍一条没什么牵挂。左狗剩做事又不张扬、稳当，以前跟王大膏药也去过几趟哈尔滨，王大膏药就把这事儿交给了他。

那时去哈尔滨不是一件容易的事，沿途经常有胡子出没打劫，弄不好会把命都搭上的。

小年儿那天早上，左狗剩喂饱了马，套上了爬犁。

王大膏药特意嘱咐他说："把钱藏好，早去早回。"

左狗剩点点头，坐上爬犁，挥鞭"驾"的一声，马爬犁便沿着雪道一溜烟儿地上路了。

一路上，他牢记着掌柜的嘱咐，紧赶慢赶，没出什么事。

挨近韩家洼子眼瞅着快要到哈尔滨时，马突然停下，站在那儿"喷儿喷儿"地打起了响鼻。

左狗剩看过去，原来雪路上横倒着一个人。

左狗剩坐在马爬犁上没动，他朝那人喊话，那人丝毫动静没有。

左狗剩立时吓出一身冷汗，以为自己中了胡子设下的埋伏。

他使劲勒了勒马缰，想掉头往回跑，可又一想，掌柜托付的事还没办。犹豫了半晌，左狗剩咬咬牙，慢慢走下爬犁，拿起一根木棒，一步一步向那人走了过去……

家里的王大膏药急了，这左狗剩走了这么多天怎么还不回来?

有人说："莫不是拿钱跑了吧?"

王大膏药十分肯定地说："不可能！这孩子我是看着长大的，他不是那样的人。等等吧，但愿别出什么事。"

果然，十几天后，左狗剩回来了，还带回了要买的药材，只是跟王大膏药交代完这次买卖后，左狗剩就离开了苇子沟。

数月后，左狗剩又回到了苇子沟。此时，左狗剩的一身行头光鲜体面，看上去很是精神干练，言谈举止间了无旧日委琐的影子。

没多久，苇子沟就多了一家专以镶牙为主的牙所，它的主人就是左狗剩。

这在苇子沟还是独一份，相继治好了十几个别人治不好的牙病之后，左狗剩便出名了。

镶牙左的名字在苇子沟被人叫开了。

镶牙左人好，不忘本，逢年过节还不忘带着礼品去王大膏药家去拜年，就是当年他吃过饭的那些人家，遇到困难他都要出手相帮。

日本人也经常光顾镶牙左的牙所。

长了，就有闲言，说镶牙左不该给日本人治牙，没骨气。

镶牙左听后，说："我是牙医，对牙不对人。"

不知从哪一天开始，日本兵营里有人陆续失踪，活不见人，死不见尸。日本人就加强了苇子沟的治安管理。夜里，日本营还增加了岗哨。

然而，这些都无济于事，苇子沟的人隔三差五地就能看到日本人的人头被悬挂在东门的城墙上。

有一天，人们竟看到了四个日本兵的人头，被一截铁线串连在一起，挂在城墙上。

日本人在苇子沟挨家挨户大搜捕，结果一无所获。

一切来得似乎是那么突然，镶牙左失踪了。随着镶牙左的失踪，人们在城墙上看到了日本人悬赏镶牙左的告示。

苇子沟的人这才知道，一切均是镶牙左所为。

苇子沟的人开始不无敬佩地议论镶牙左：那么胆小瘦弱的镶牙左，哪来得那么大劲儿，一个人拿下四个日本人的头呢？

苇子沟的人怎么也想不通，所以这一直是个谜。

解放后多年，苇子沟人在县志上看到这样一条记载：镶牙左原名左狗剩，1916年生于苇子沟城西门外。左狗剩在一次去哈尔滨的途中，路救珠河游击队指导员，后被发展成为共产党员，受组织派遣，到苇子沟以牙所做掩护，从事党的地下交通工作。在做地下交通工作时，暗杀日本人无数，后身份暴露撤离，转战汤旺河、小兴安岭各地，1945年在萝北县歼敌战斗中牺牲，时年二十九岁。

穷孩子

穷孩子王小草赢了。

王小草考上了清华大学。

消息顿时在小城的大街小巷被人热烈传颂。

王小草生在一个偏远省份的一个偏远小城。

王小草的家里真是穷。王小草的家住在西十条路以外的棚户区，这里找不到一座楼，哪怕是三层的小楼。

王小草和爸爸妈妈住在十平方的小屋，只有一间，做饭、洗脸、学习、睡觉都在这一间。

王小草的爸爸蹬三轮，每天日出而作，日落而归。小草的爸爸是小城里蹬三轮车人中最勤奋的一个，每天赚的钱也比那些人多。即便是这样，小草的爸爸赚的钱也供不上妻子吃药。

王小草的妈妈有哮喘病，平时不说话，只有大碗地喝了汤药才有力气说得出话来。

王小草的爸爸、妈妈在夜里睡不着觉时，经常长吁短叹。只有看见在桌角旁学习的王小草时，夫妻俩的眼睛才放出亮光来。

王小草家的墙角，夏天长蘑菇，冬天长钟乳岩。

王小草家的灯泡天天都迷迷糊糊的，像高三生总是睡不醒的眼睛。

人们还发现，王小草一年四季好像只穿一套衣服。确切一些说不是好像，真的只是穿一套衣服。

但王小草却有很多鞋。

王小草是聪明的孩子，许是穷则思变，他仔细研究过，四十元买四双鞋可以穿四个季度一整年，而一双四十元钱的鞋，只能勉勉强强穿一个季度零十天。

王小草家的天棚和四壁是白粉墙，没有占地方的家具。

王小草家穷得总是很干净，没有电脑、没有电视，更没有游戏机和mp3、mp4，当然也没有喜欢发出张扬的哗啦哗啦声音的滑板、旱冰鞋。

王小草考上清华大学后的一天，一群学弟学妹拥进王小草的家，炕上地下全是热切的眼睛，热乎乎的气息。

王小草长得很高。

学弟学妹仰望着他，问学习秘笈。

但王小草的回答总是让他们失望而归。

又一天，家里来了一位《高考指南报》的记者，在采访王小草时，又同样问到了学习秘笈。

王小草回答：专心。

记者问：怎么专心？

王小草说：不分心。

记者再问：怎么不分心？

王小草指指左，记者的眼睛和头跟着向左，王小草指指右，记者的眼睛和头跟着向右。

王小草在屋子里原地转了一圈，记者也跟着在屋子里原地转了一圈。

王小草最后仰头看着白白的天棚，长叹一口气，笑了，说：实在没有让我分心的东西。

记者听后也失望地走了。

走着时，记者不甘心地摇着头嘟囔道：怎么可能？只是不分心就能考上清华大学？不对，这孩子是在保守。

成人礼

学校举行成人礼这天，于小北起来得特别早。

十八岁了，成年人了！

想到这，于小北心里有种别样的青春旋律在激荡着。

于小北唱着“我不想我不想不想长大，长大后世界就没童话，我不想我不想不想长大，我宁愿永远都笨又傻……”

于小北边唱边在梳妆镜前精心地打扮着自己。

在步入成年人行列的第一天，于小北要把自己打扮成像花儿一样漂亮。

于小北蝴蝶一样飞到妈妈面前说，妈妈，从今天开始我是成年人了！古时成人礼仪男子加冠，女子加笄，我成人礼妈妈送我什么样的礼物呢？

妈妈说，你自己选一样吧。

于小北笑呵呵地勾着妈妈的手指说，妈，一言为定。等我参加完学校的成人礼，妈妈带我去买。

妈妈点点头。

学校的广场上，雄壮的国歌回荡在校园的上空，国旗在缓缓升起。

庄严的时刻到来了，在领誓人引领下，操场上两千多名学生高举握紧拳头的右臂高声念出自己的名字，霎时一股强大的青春的气息回荡在学校上空。

紧接着操场沸腾了，学生们雀跃欢呼：青春万岁！

成人礼宣誓之后，学校宣布放假一天。

中午，妈妈带于小北吃的牛排套餐。

饭后，于小北把妈妈带到“真美首饰店。”

在一节柜台前，于小北指着柜台里的菊花银手镯，告诉妈妈，我想要它作为您送我的成人礼物。

妈妈脸上露出惊异的神情：这个？成人礼？

于小北满怀期待地使劲点着头。

妈妈看了一下这只银手镯，标价是 890 元。

妈妈又看了一眼于小北。

妈妈唤来售货员问，这只手镯打折吗？

售货员说打五折，折后价 445 元。

妈妈又和售货员说，可以把那零头 45 元抹掉吗？

售货员面有难色地说，这我得请示经理。

售货员请示后，告诉于小北的妈妈，零头不能抹。

于小北的妈妈想想后，果断地对女儿说，走，回家，不买了！

于小北带着商量的口吻说，妈妈，我喜欢，买吧！

妈妈口气仍旧决绝，不买，喜欢也不买。

于小北显然有些生气了，大声对妈妈说，您就那么在乎那 45 元钱吗？

妈妈说，他商家都那么在乎这 45 元钱，我凭什么不在乎？

于小北没再和妈妈继续争执，生气地跟在妈妈的身后，向家里走着。

下午，妈妈去上班了。

于小北躺在自己的小屋里生闷气。

于小北怎么也难以理解妈妈的这种行为，在她成人节的这一天，人生如此重要的时刻，妈妈仅仅因为 45 元钱，就不能满足女儿的心愿，这未免太不近人情了。

有好长一段时间，于小北和妈妈不说话，而于小北也没有在妈妈的脸上，看出什么歉意的表情来……

于小北并没有忘记那只美丽的菊花银手镯，星期日补课路过“真美首饰店”，有一次她实在抵挡不住诱惑，进去看她的手镯，结果那只她朝思暮想的手镯不见了。

于小北非常伤心，甚至偷偷哭过。

于小北对妈妈的怨气重新鼓荡起来，她竟有些负气地想：妈妈不给我买，等我将来自己买。

日子并没有因为那副银手镯改变什么，但是时间是最好的润滑剂，不知不觉中，于小北的心情安定了下来。妈妈疼爱自己简直疼到骨髓里，就是有点抠门，没能满足自己的一个愿望，这又算得了什么呢？

母女俩和好如初。

转过年的夏天，于小北顺利地考上了南方的一所著名高校。

临行的前一夜，妈妈把于小北唤到近前，把银手镯戴到了女儿的手腕上。

于小北当时很是吃惊，刚要问妈妈，妈妈却用手势打住她说，那天下午下班前我就买下了它。当时没在你面前买它，是想让你自己悟出一些道理。

听着妈妈的话，看着手腕上的银手镯，于小北恍然大悟，懂得了妈妈的良苦用心，她知道了妈妈当时的行为是向她传递一种信息。

妈妈送给她的成人礼太深刻了，会是她一生的记忆。

于小北这样想。

神童

我是从去年夏天注意上那个男孩的。

注意上那个男孩是从我居住这个城市的书店开始的。

双休或节假日，如果没有特殊的事情需要去办，我总是要到书店逛一逛的。

这是多年养成的习惯。

去年夏天的一个双休日，我在书店二楼的文学书架旁翻看卡尔维诺的小说集时，很安静的书海中忽然传来一阵低低的“哧哧”笑声，它吸引了我。

我顺着笑声看去，就见到了这个倚着书架的男孩。

男孩想必是被书中的某个情节，逗得无法遏制地笑着，双肩一耸一耸的。

我这样想着时，就又抬头去看那男孩。

男孩十二三岁的样子，个儿高，头发茂密浓黑。

夏天的阳光，从书店二楼的窗外照进来，直射在男孩的那张稚气的脸上。

男孩的脸便在阳光中，显现出金子般的光色来。

男孩停住笑后，我发现他拿出笔，在一张卡片上迅速地记着什么。

男孩记完后，把笔纸收进衣袋里，那张脸在金子般的光色中，露出一种很舒心的笑容。

我大抵能知晓一些男孩脸上的笑意，他是得到了一种他需要的东西。

这一年的夏天，我每次来到书店，都会发现这个男孩倚在书架旁看书。

我发现男孩每一次依然在卡片上记录着什么。

在书店里遇到的次数多了，我和男孩脸熟起来，有时彼此点头示意一下，又都继续翻起书来。

有一次，我问男孩，你怎么总来书店？不上学吗？

男孩回答我，叔叔，我放暑假了。

我接着又问，放暑假不去补课吗？

这次男孩没有立即回答我，在脸上瞬间漫过一片令人难以察觉的忧伤后，男孩告诉我，他的爸爸妈妈都下岗了，没有钱参加补习。

我便没有继续深问。

暑假过去，学生们开学之后，我再来书店时，便一次也没有碰到过那男孩。

冬天来了，大雪也如期而至。

学生们寒假之后，我在书店里又开始和男孩频频相遇。

原来，男孩每年的寒暑假生活，都是在书店里度过的。

此时，我无法揣摩这个男孩，甚至无法抵达他的内心世界去探究。

他为什么读这么多的课外书？记录那么多的卡片？这对他的学业能有多大帮助呢？

这种疑问一直在心里困惑着……

春天以她特有的清香味道弥漫了这个城市。

在缕缕温暖的春天气息里，我读到了本城晚报的一则新闻报道：《行走在奇幻的世界里——记神童小作家龙云》。

报道称：龙云，今年十四岁，品学兼优，受家庭影响，自幼喜欢阅读和探险。爱好阅读的龙云有一天突然感到书架上的科幻小说不能满足他的兴趣，它们普遍缺少想象力和科学精神，于是突发奇想，用了半年的时间创作了一部二十余万字的科幻小说，被人誉为神童小作家。

这则报道的后面，还配发了神童小作家龙云的一幅照片。

龙云，正是书店里我经常遇到的那个男孩。

从此以后，在那家书店里再也看不到男孩的身影。

不日，被包装的龙云形象铺天盖地地出现在各种传媒上。

还有龙云签字售书的通告。

还有龙云新书的预告。

两年以后，十六岁的龙云被一所著名高校破格录取，这也是我在报纸上看到的消息。

消息称，从前的神童作家已经成长为今天先锋文坛的新锐。

照片上的龙云没有了天真的模样，瘦削的脸旁上看不到眼睛，参差缭乱的长发遮蔽了它们，像极了日本动漫人物。

我仍旧常常去那家书店。

在书店，我的眼前总出现那个“哧哧”发笑的男孩，他倚在书架旁迅速记录卡片的身影。

我在久久思索，他真的是一个神童吗？

读袁炳发的“寓言小说”

阿 成

袁炳发是一位小小说作家，在国内享有颇高的声誉，特别是在那些热衷于阅读小小说的读者当中有着广泛的影响。过去我曾经面对这一迷人的现象，请教过一些小小说作者和相关的读者（并写过一篇文章），结果非常耐人寻味，我发现居然有那么多的人热衷于小小说的创作，而热衷于阅读小小说的人就更多了。面对这种现象我得出以下这样一个结论：小小说也是小说中有魅力的品种之一。

我最近看了袁炳发的小小说集。在看的当中有很多感触。我觉得袁炳发的小小说在很大程度上与寓言颇为相似。我冒昧地想，或许我们可以称他的小小说为“寓言小说”。因为我发现，他的小小说除了短小之外，最重要的一点是善于总结平常人生活中的经验，并聪明地（敏感地）把它提炼出来，以平实亲切的方式加以叙说。过去，我们常说“典型、典型”，现在不太说了，觉得有些陈旧、落伍，有老生常谈之嫌疑（老生常谈不好么），尽量回避这样的话题，别“露出皮袍下的小来”。但是，小小说和一个活生生的人一样是有其基本品质的，它的基本品质，就是善于（“善于”是一种超凡的能力）总结平常人生活中的经验，使之成为典型。

小小说恰恰是具有这样一种基本的品质。也正惟如此，才使得袁炳发创作的小小说拥有了一种寓言性。这样“随便说”自然是不行的（“随便说”对那讲究自身形象的人其实是一种自残），我们可以从他的一些小小说作品当中轻易地发现这一特征——这些我尽量简单地说：比如那篇《教育诗》，我崇拜的刘恒先生也曾写过一篇《教育诗》，他们两个人的小说的名字重了。袁炳发的这篇《教育诗》是以小小说的样式，把父爱的心理表现得巧妙又意味深长。重要的是“意味深长”。意味深长一定是寓言小说的基本特征，当然也是所有小说的基本品质之一。还有《爱情在冬天光顾了我》，这篇小说的寓言味道就更浓了，姐姐寻找到了妹妹梦中的情人，并假以爱情，然后将他带来给病危中的妹妹以精神之安慰。这件事被说穿之后，作家表达得既伤感又动人心弦。我觉得这种“谋划”也应该是寓言小说的一个特征。在阅读中，我还注意到袁氏寓言小说的另一个基本品质，就是善良、爱心、同情、宽容、同情弱者、对未来充满着梦想和憧憬——其实这些都是人们的基本品质。可能由于小说正处在不断颠覆的欢乐当中，这些品质被傲慢的颠覆中颠碎了。但小小说，特别是寓言小说却仍然在坚持着。《破碎》这篇小小说写的就是亲情与寻找亲情，直至幻灭，这样一个小故事。作家通过这样一个很简短的过程，用千把字的文章，把普通人生活中经常遇到的那种人生情态表达得淋漓又丰满。我们应当看到，这样一种生命的形态是极其复杂的，呈现应当是有难度的，用千字的叙说很困难，那么，从容地、“宽松”地表达就更困难了。但是，我看到，袁氏的小小说或寓言小说就有这样的能力。《寻找红苹果》叙说了一个人在现实与幻觉当中的际遇。但最终告诉我们的却一种生活经验，即两个同样长相的人其灵魂是不一样的。可能我们面对这样残酷的现象很痛苦，但作家同时让我们知道了珍藏纯洁的爱对生命滋养的重要性。袁氏的那篇《回忆我和米雪的恋爱》同样令我感动，它几乎写了一代从事文学创作之人的不幸，而这种不幸一旦成为一个人的人生经验之后，便对女儿和一个作家谈朋友采取了断然否定的态度。我发现，某种生命的沉痛是有很长的“生命力”的。

袁炳发寓言小说的另一个共同特点，就是每一篇的开头都非常简洁，比如，“他和她结婚八年，他和她就争吵了八年。”比如，“娟子的女儿今年上大学，去南方读书了。”比如，“冯大吹有四十多岁的样子，是从开封府来到苇子沟的。”比如，“中年男人到达这个城市的时候是中午。”再比如“一个叫阿萍的女人，总伤心自己找了一个老实的男人。”或许我们会把它简单地理解为寓言小说的又一个特点，但事实上如果我们做进一步的研究，就会发现一个有趣儿的现象，即读了这样的小说之后会让读者、文学爱好者产生一种错觉，认为这样的小说我们也可以写。但实际操作起来却又是那样的不可企及。这也让我有了一点儿联想，有一些作者追求叙述上的大自由，左右逢源，文不加点。但是，达到如此之境界，其实还得有一大段路要走，如此才能达到不受约束，达到真正意义上的自由，才能够做到形散而神不散——这也是一句老生常谈——我崇拜老生常谈。

读袁炳发的小小说，毫无疑问，并不是他一个人亲身经历的重叙，大都是他在平平常常的生活中的发现。如果把这种发现衍变成一个人的“经历”，这的确需要想象力了。我知道，很多人对想象力是很崇敬的，甚至很敬重。但是，在我看来，想象力的最高境界是不露出任何想象力的痕迹。欣赏袁炳发的小小说就能够感觉到这一点。我想除此之外还有与之相关的“虚构”问题。我看，所谓的虚构实际上是对真实的生活片断、生活经验重新做出的艺术整合。如果不是这样的，就不会是文学家所看重的手段了。

我在欣赏袁炳发的小小说同时，也在他绚丽多姿的小小说中体会到了真诚、自由、奇特、大胆、惊悚、美丽、温柔、思索，幻想和那种悲天悯人的境界。假设有人只是把其中的一种表现出来了，便认为一篇小说完成了，这种判断是值得警惕的。实际上，小说的全面完成需要的是一种综合的能力。所以，我才觉得袁炳发的小小说似乎有一种写作教科书的意味。

接下来，我恐怕还要谈到作家的立场。比如，一个作家来自农村，这就有可能成为他一生的立场，一生的情结，一生的问题，一生的判断——这几乎是无法改变的、不可逾越的。当然，某些人在这样的一个立场上或许会对城市人有一种“偏见”。的确，极少数的人有朝一日悲怆或欣喜地成为一个编制上的城里人之后，仍然会坚持对城里人持有一种警惕与偏见的潜在姿态。其实，我也是一个乡镇出生的人，我自认为我还没到读书的年龄就到城里来了，应当算是一个城里人了，但是，反省当中，我很快发现，那种潜在于灵魂底下的生命的印迹并没有消失，到今天我还喜欢到乡下去看看。袁炳发也来自乡镇，在他的小小说当中我们不难发现那种“飘人”的表情，“飘人”的伤感，“飘人”的自卑，包括“飘人”的奋斗与努力。我看到袁炳发的灵魂一直留在他故乡的那个乡镇上。不过，要是像一个真正的大作家那样，留住乡情，摆脱偏见，灵魂就可以自由了，创作也因此会有更大的斩获。当然，这很难，很别扭。

折射生活的三棱镜

——浅议袁炳发爱情题材的小小说

刘　镝

“苹果”在文学中早已成为一个固定的意象，它代表着情欲和爱情，袁炳发笔下的红苹果也正是美好爱情的象征。以《寻找红苹果》冠名这部作品集，应该不是出于偶然。

《寻找红苹果》共收录作品78篇，而与爱情相关的作品有40篇，占半数以上。其中除“星期五博客”是以传奇故事和人生百态为主外，其余单元都是以爱情题材居多，足见作者对这一题材的偏爱。爱情题材是作者手中的三棱镜，他通过这个三棱镜折射并透析着社会生活和人的情感。

这些爱情作品大体可以分为以下几类：

爱情的本质和力量、爱情在生活中的位置。

《寻找红苹果》描述了对美好爱情的执着追求，揭示了爱情的品质和爱情的深刻内涵；《对面》说明了爱的美好情感能够改变生活和人生，这种情感的丧失会造成生命的扭曲；《重要》则强调了爱情在生活中的地位和位置；而《力》和《生命》证实了爱情和对爱情的憧憬可以激发出精神和肉体的全部潜能。

对爱情的渴望、寻求、怀念。

在这类作品中，渴求的爱情往往由于某种社会原因或心里因素可望而不可及。《怀念初恋》中的“我”和第一个恋人由于深刻的社会原因，没能走到一起，所以时时怀念着她；《寻找黄奇》中的黄奇也是由于特定时代的因素，没有理解“我”对他说的话而漂流海外，致使“我”不停地寻找；《回忆我和米雪的恋爱》中米雪的父亲曾是著名的儿童文学作家，由于无法忘记身心遭受过的伤害，迫使米雪和当作家的“我”忍受长期分离的痛苦；《井子》讲述了“我”和井子都深受传统观念的影响，不敢表白对对方的爱恋，结果错失了爱情良缘；《人心》则告诉我们爱就是奉献，爱情与自私、嫉妒、怯懦这些劣根性无法相容。

爱情的悲剧或婚姻失败的悲剧。

这类作品为我们展示了形形色色的爱情悲剧。这里有传统意义上的悲剧，如《妞子》；有由于心灵在爱情中受到严重伤害造成的悲剧，如《爱情与一座城市有关》；有由于所爱的人移情别恋造成的悲剧，如《记忆》；也有自己移情别恋，被发现后无地自容成为悲剧，如《红色毛衣外套》；有由于贪恋舒适安逸的生活，毁灭了美好爱情酿成的悲剧，如《欲望》；还有由于自身的狭隘，在心理上积蓄成无法承受的压力而引发的悲剧，如《我用自己的方式爱你》。还包括婚姻失败给子女造成的悲剧，《一个阳光明媚的早晨》中的秀秀，不敢面对父母离异，在茫然中丧生于车祸；《黑色幽默》中的琼，因为抹不掉幼年亲眼看到父亲偷情的记忆，精神受到严重刺激，导致心理变态，在爱情上不相信任何正常的男人。

爱情进入家庭后的苦辣酸甜。

这是一组家庭的爱情变奏曲。《爱情》讲的是军和翠自由恋爱结婚后，在生活中揭开了爱情的面纱，各自的缺点暴露无遗，吵吵闹闹打了几十年。面对满头白发，万分感慨地说：两口子之间只要没有外心，打打骂骂也是爱。《一个叫阿萍的女人》讲的是阿萍总伤心找了一个老实的男人，直到丈夫因公死亡，才扑在丈夫的尸体上，哭得死去活来。《年轻时的事》则告诉我们，夫妻间的感情在生活中也会被磨破，但磨破的感情可以像补袜子一样补好。《方式》意在说明，爱情在家庭生活中的表达可以有不同的方式，不同的方式就会产生不同的结果。而《二十岁或三十岁》进一步挖掘了爱情和谐和家庭幸福的深层原因，那就是把竞争意识作为爱情和生活的基本动力。

社会因素和婚外情对家庭的干扰破坏。

这类作品包括：《谎言》《圈套》《父亲的“情人”》《1976 年 7 月 28 日》《第三个人》《小曼》《死时》《单线联系》《狗》《感动》。其中《父亲的“情人”》和《1976 年 7 月 28 日》中的妻子都怀疑自己的丈夫有婚外情，前者直到丈夫死前才明白那是一种真挚的友情，于是和丈夫的“情人”相拥痛哭；而后者为了求证自己的怀疑，无意间进入了一场大自然造成的悲剧，丧生于唐山大地震。这两篇作品似乎在告诉我们，爱情和婚姻最可怕的敌人不是外界的干扰破坏，而是自己心中的魔鬼。

爱情的迷惘和情感的困惑。

这类作品包括：《男孩和女孩的故事》《爱情在一转身就模糊不清》《爱情的背影在春天远去》《爱情在冬天光顾了我》《过程和结局》《网事》《迷乱》。叙事者在讲述这些故事时，没有表明自己的态度，而是引领读者进入深层次的哲学、心理学、社会学的思考，把第一文本变为第二文本，探索和解答这些迷惘和困惑。

通过上面的粗略分析，我们可以看到，这些作品在广度上涉及到了爱情和婚姻的方方面面，直至每一个角落，在深度上触及到了爱情和婚姻的每一个层面，直至性爱和爱情心理。透过这些，我们又看到了社会生活和社会意识的折光。

爱情是文学永恒的主题，小小说当然也不例外。因为爱情是人生不可回避的重要内容，家庭是组成社会的最小单位，爱情和婚姻是社会生活的基本组成部分。作者之所以成为读者欢迎和喜爱的作家，这是一个不可忽视的原因。

当然，作者的成功同他的艺术造诣有着更为直接的关系。作者是伴随着小小说的发展壮大成长起来的，经过二十多年的探索和磨练，积累了丰富的写作经验，逐步形成了自己的特色。他牢牢把握住了小小说这一“平民文学”的根本，取材力求贴近生活、贴近民众，语言力求通俗简洁，行文力求干净利落，篇幅力求短小精悍。但这些还不足以解释他文笔的精彩，也不足以概括他作品的魅力，本文想就《寻找红苹果》中的爱情题材作品，从以下三个方面探讨一下他艺术上的成功之处。

一、注重捕捉有意蕴的瞬间

小说从根本上来说是用语言来叙述时空的艺术。小说家要面对两个时空，一个是真实世界的生活时空，一个是小说家自己创造的艺术时空。通过小说家的叙述语言，真实世界里的立体生活空间变成了有序的线性叙述时间。因此，真实世界的时空描述要服从小说世界的时空规律。

一个小小说作家所赖以表现艺术时空的载体是窄小的。他必须利用自己的艺术才华和创造能力，在一段短暂的时间内和一个相对固定的空间里，铸造一个浓缩洗练的艺术时空。只有这样才能为读者提供较强的审美信息。这种浓缩洗练的艺术时空，凝结着强大的主体创造精神，足以显示一个小小说作家和长中短篇小说作家同等的艺术才华和创造能力。而在小小说这种艺术空间里，能否有一个闪光的亮点照亮通篇作品，也是非常重要的。这是一种“瞬间的艺术”，这样的瞬间应该是包孕了过去和未来的瞬间，体现出丰富的时代和生活内容的瞬间。

作者非常注重捕捉这样有意蕴的瞬间，揭示这种瞬间的丰富内涵，充分展示自己的智慧和才华。《年轻时的事》讲的是一对夫妻结婚八年吵了八年，丈夫有过离婚的打算，可一看到儿子心就软了。对生活别无选择，只好无奈地叹气……有一天，他发现一双新买的袜子顶出一个窟窿，不经意地随手甩在墙角。可是不久后，他突然看见那双袜子穿在妻子的脚上，那个窟窿已被她完好地缝补上，由此引出一番意味深长的对话。这一瞬间不仅为八年的争吵画上了句号，而且为未来的生活开了头，同时也是当代社会家庭生活普遍问题的一个缩影。一个点写了一条线，又概括了生活的面，还体现出未来的生活充满了亮色。这一切，使得作品所描写的这一瞬间已远远超出了它自身本体的意义，这是机智化的艺术构思产生的必然结果。

在《寻找红苹果》中，朗失去了晴以后找到了第二个晴。但朗去看第二个晴的那个黄昏，看到叫晴的女孩和一位老人吵起来，把老人骂得气冲冲地走了。朗一下子明白了：“她真的不是晴，真的不是我心中的红苹果。”这个瞬间让我们回想起晴和朗的美好爱情，同时也使我们领悟到，红苹果不仅象征着美好的爱情，也象征着美好的生活。朗所寻找的不仅是失去的爱情，更重要的是美好爱情创造的美好生活。和这篇作品相类似的是《对面》，文中做编辑的“我”对坐在对面的丽萨产生了好感，丽萨使他感到办公室里春意盎然，使他能够找到最佳的工作状态。于是，他约丽萨去酒吧喝酒，想象他们在微醺的状态下，相拥着纵情做爱，直致筋疲力尽。但是，有一天他忽然听到丽萨同主编激烈地争吵，看到丽萨一手指指点点，一手卡着腰，完全不见了往昔的美好。曾经代表着美丽、青春、性感的等一切美好事物的丽萨，在他面前轰然瓦解了。这个瞬间毁灭了他对美好生活的追求，甚至对这座城市也充满了失望。这个瞬间为我们揭示了“美”的内涵，美丽的容貌、时髦的打扮、现代派的言谈举止和青春的活力固然是美好的，但心灵的美好更为重要，美好的外表倘若包裹着一颗龌龊的心，只能令人生厌。

《男孩和女孩的故事》中，在男孩想到“自己这很茂密很美丽的黑发肯定也会变成很稀疏很苍凉的白发”的瞬间，他们的爱情便因此结束了。这种无奈透露出了人生的某种悲剧色彩，同时也让我们隐约感到了这篇作品深藏着的哲理和因此而形成的宏大张力。

《爱情在一转身之间就变得模糊了》中的萧离开水儿后，“水儿挺成熟地想：一个女孩遇到一个坏男孩并不可怕，可怕的是遇到两个好男孩”的瞬间，我们感受到了水儿的迷惘。这种迷惘反映了一代人的心态，足以引起上一代人和全社会的深思。

在《力》和《生命》中，亮子在人群中看到了心里单恋着的翠花，搬起了从来没有人撼动过的二百余斤重的棋盘石；猎人汤大在白色的山巅上看到一个穿红袄红裤的女人，以常人无法想象的爆发力杀死了黑熊赢得了生命。这两个发人深省的瞬间，显示了爱情和性爱在紧要关头和危机时刻所激发的生命能量，使我们看到了男女性爱的深层意识和被种种“伪装”包裹的隐蔽心理，使作品意蕴更为深厚，因而更加耐人寻味。

小小说的“瞬间艺术”与绘画的空间艺术有相通的地方，比较适于选取绘画艺术那个“顷刻”间的单一空间作为表现对象。然而，它不一定是高潮中的瞬间，它可以是高潮前的瞬间，还可以是离高潮还相当远的特定瞬间。如《方式》："结婚当年，在他生日的那一天，女人送给他一支考究的雕花烟斗。他双眼眯在一起，细细地看这支雕花烟斗。当他欣赏完烟斗准备先放回盒子时，在盒子的底层，他发现了女人写给他的一句话：亲爱的，答应我，把烟戒掉吧！为了我，为了我们能一路相陪着变老。"这个瞬间就处于情节的发展阶段，但就是这个瞬间，他决定开始戒烟。也正是这个瞬间，使关怀和抱怨两种方式，形成了巨大的反差和鲜明的对比。再如《寻找黄奇》，黄奇借裴多菲的诗，向"我"表达爱情。而"我"对黄奇说："我们是接受贫下中农再教育来了，你怎么还会有这份闲心呢？"黄奇听后，脸立刻红了。这个瞬间处于情节的发生阶段，就在"我"说完这句话的几天后，黄奇突然失踪了，开始了"我"对黄奇的苦苦寻找。黄奇出走表面上看来是由于误解了"我"的话，但"我"在这个瞬间说出的话及引起的后果，折射出了当时那个特殊的年代。那是一个没有人性更没有爱的年代，这是当代的年轻人无法想象更难以理解的，而这个瞬间为我们揭开了那个年代的一角。

二、着意创设偶然性的突变

小小说作为小说的一个品种，当然也要通过创造和描写艺术变化来形成自己"有生命的形式"。但是，小小说的艺术变化和一般小说的区别也是明显的，它要在极短小的篇幅里设置出、描写出完整的艺术变化过程。篇幅越是短小，艺术变化的质与量越大，那么它的小说味也就越浓郁、强烈，给读者提供的速率审美刺激也就越大。小小说要想在有限的阅读时间里给读者提供速率审美刺激，制造作品的意外结局是相当奏效的手段，而意外结局的产生正是艺术变化发展为艺术突变的结果。

为了达到这样的目的，作者在许多作品中没有一般性地设置和描写艺术变化，而是有意识地增加了艺术变化的幅度。这样也就造成了偶然性的艺术突变，产生了使读者在阅读中"吃惊"和"震动"的艺术效果。

其中最典型的就是《妞子》。故事的发端是小木匠被请到家里做木箱。第二只箱子没做完，妞子就和小木匠相依在一起了。又一天夜晚，妞子就把自己的一切交给了小木匠。接下来，妞子要和小木匠结婚，他说把钱赚够了就结婚，于是就去外村做活赚钱。妞子天天到路口望，肚子渐渐鼓起来。她想去找小木匠，可连他住在哪里都不知道，只知道他姓刘，额上有一块疤。后来，妞子生下一个男孩，起名叫刘大小。妞子领着大小一过就是二十年，小木匠也未寻来。情节在高潮时发生了突变，一日大小到县城拉化肥，妞子跟着去了。突然一辆东风货车急驶而来，两辆车撞到一起。妞子被甩在路沟里，大小倒在血泊中。当妞子被唤醒时，她第一眼看到的就是这个男人额上的疤。结局是大小被撞死，小木匠自绝人世，妞子疯了。在这篇作品中，撞车这一偶然事件成为故事的核心，这个核心浓缩了故事，决定了故事的悲剧性。不仅使读者震惊，也使作品的意义得到了升华。

再如《一个阳光明媚的早晨》，天天坚持晨练的秀秀跑到自己家门前，刚要伸手推门时心却突然沉了一下，双腿就如被铅灌一般迈不动了，因为她想起爸爸妈妈今天要到法院离婚。秀秀终未推门，而是掉头向学校走去。秀秀心情沉重地走着，想着，在过马路横道时被一辆货车撞倒。十二岁的秀秀，死在一个阳光明媚的早晨。这篇作品是通过侧面描写警示世人，家庭破裂会给子女带来难以预料的伤害。而正是秀秀被车撞倒这个突发事件，使作品达到了预期的目的。

《第三个人》中的突发事件使情节突然逆转，产生了意想不到的结局。丁一的妻子为了证实丈夫一生不会背叛他，以陌生女人许娜的名义频频给丁一发短信，使丁一对许娜逐渐产生了好感，一步步走进妻子设置的陷阱。一个落雪的午后，丁一突然产生很强烈的欲望，想要见一见许娜。许娜接受了丁一的热情相邀，同意见面。结局出乎所有人的预料，丁一想不到和他见面的竟是自己的妻子，妻子也想不到丁一会背叛自己，两个人同时陷入到一种尴尬难堪的局面里。这个意料之外的结局，会引发读者去深入品味这篇小小说的复杂内涵，去思索生活中的爱情在艺术世界里的折光。

《网事》的结局对娟子来说也是很意外的。四十二岁的娟子闲得无聊，化名三十二岁的小蜻蜓，在网上认识了四十五岁的老蝈蝈，两个人像老朋友一样每晚聊到深夜。娟子生病几天没有上网，引起老蝈蝈的牵挂，在网上写下了深情的留言。娟子非常感动，打电话和老蝈蝈约会。她没有想到的是老蝈蝈在约会时没有出现，回家后也没想出老蝈蝈为什么失约。其实，答案读者早就猜到了，老蝈蝈想见的是三十二岁的小蜻蜓，而不是四十二岁的娟子。但这个答案又会使我们想到更多，它为我们留下了一个很广阔的思维空间，而这也正是作者设置这个意外的目的所在。

《1976 年 7 月 28 日》讲述了一个震撼人心的故事，将爱情推到了惊心动魄的生死边缘。夹在书里的一张文字暧昧署名燕的纸条被妻子发现，成了“我”婚外恋的有力证据。妻子为了让“我”承认这子虚乌有的恋情，亲赴唐山求证，结果在那场地震中成了众多遇难者中的一员。当“我”带着悲伤的心情准备奔赴唐山时，见同事小张好像刚刚哭过。小张说他深爱的女人居住的那座城市发生了地震。“我”忙问：她是不是叫燕？小张的思想一下高度集中。她是不是给你写过一个纸条？对！妈的！纸条怎么弄到我的书里？哎呀！小张一拍手，我借过你的书。至此真相大白。突发事件唐山地震成为这个故事的核心，通过这个核心，作者为我们展示了人生的无常、生活的无奈、际遇的尴尬。

三、巧妙运用各种表现手法

任何优秀的文学作品都必然是内容与形式的高度统一与完美结合。内容决定形式，形式为内容服务，这是文学作品内容和形式的一般关系。没有内容，形式就无法存在；没有形式，内容也无从表现。这两者相互依赖、相互制约，各以对方为存在条件。倘若给一只老虎披上一张熊皮，那它就不是老虎了；倘若给它披上一张羊皮，那就更加不伦不类。反之，倘若把虎皮披在熊或羊身上，那就变成了寓言或是幽默了。但形式并不是一种消极的被动因素，它反过来以能给予内容以积极的影响。完美的、适合于内容的形式，可以增强作品的艺术感染力，而且相同和相似的内容可以表现在不同的形式当中。

在小小说的形式诸要素中，倘若除去语言和结构，采用合适的艺术手段，或者说表现手法就显得十分重要了。作者在二十多年的创作实践中，对小小说的艺术手段进行了许多有益的探索，并取得了可喜的成绩。如

《身后的人》把思想和情感转化为幻影，《困围》和《我的名字叫袁炳发》借用了魔幻现实主义的表现方法等。这里，仅就这部作品集中的爱情题材作品，谈谈他常用的两种手法。

（一）、用对比式反复营造氛围

对比和反复，从语言学角度讲是两种修辞方法，从文学角度讲可以作为艺术手段。对比分为反比和平比，反比是把两个相对的事物相互比照，使双方形象更加鲜明，特点更加显著；平比是把两个相近的事物进行比照，识别它们的同异。反复是诗歌经常采用的一种手段，在文学表达中，它能够起到突出某种感情、强调某个意思和加深读者印象的作用。倘若把他们结合起来运用，其作用就不是“1+1=2”了。

《圈套》中有两个无形的圈套，第一个圈套是婚姻介绍人为男女主人公设下的圈套，第二个圈套是男女主人公为自己设置的圈套。第一个圈套是介绍人对他们的欺骗，第二个圈套是他们的自愿结合。然而，后者又是前者的产物，没有介绍人的欺骗，就没有离婚，也就没有重新结合。这两个圈套的演变和对比，竖起了这篇作品的骨架，形成了一个耐人寻味的对比式反复。使我们认识到种种外界因素对婚姻家庭的潜在压力和深刻影响，以及它们在人们心灵深处留下的阴影，也使我们感受到走出阴影的艰难，摆脱压力和影响的愉悦。

《谎言》中的对比式反复同样也起到了构建作品框架的作用，但对比式反复在这里不仅给我们留下了深刻的印象，而且还使我们的心灵受到了震撼。第一个谎言不过是同事的一个玩笑，晓楠却信以为真，对大众产生了猜疑；第二个谎言是出于善意，为了解除晓楠的猜疑，不料弄巧成拙，晓楠认为大众是一个轻信谎言的人，导致她同大众离婚。轻信谎言的晓楠，反而认为大众轻信谎言，真是绝妙的讽刺；因为两次谎言而离婚，更是让人哭笑不得。掩卷而思，心头不由得会生出一种沉甸甸、酸楚楚的感觉。而这些，对比式反复起到了不可忽视的作用。

《人心》讲了某团两个少校军官都想得到团长女儿小倩的故事。先是团长把小倩许给了A，B雇用了蒙面人，在A同小倩晚上散步的时候威胁A，使A放弃了小倩；然后，在B得到了小倩后，A采用了同样的办法，使B也放弃了小倩。作品通过重复性对比，使我们看到A、B两个人同样自私、嫉妒、软弱，并且加深了我们对这些人性中的劣根性的认识和憎恶。

有时，作者也单独使用对比或反复的手法。《迷乱》就采用了反复的手法。年轻的健身教练见到宫雪艳时，与她友好而亲切地打起了招呼："嗨，漂亮的女士，你好！"用那略带几分磁性的声音，关切地询问她健身的感觉。在宫雪艳对这个男孩着迷以后，她发现男孩又以她熟悉的方式，与另一个年纪与她相仿的女子打起了招呼："嗨，漂亮的女士，你好！"语气一如当初对她时一样，深情而充满磁性。由此，宫雪艳的心中有了说不出的难受；继而，她又开始惶惑起来。这里其实也含有对比的成分，通过对比，宫雪艳感觉到男孩对她和对别人都是一样的，没有什么不同，并不是像她想象的那样。《方式》和《小曼》都采用了对比的手法，《方式》是两种爱的方式的对比，《小曼》是她和丈夫一正一反、一明一暗的对比。

(二)、以"谜"的形式制造悬疑

猜谜是一种喜闻乐见的娱乐形式，由于它有趣，有味，又能训练思维，增长智力，逐渐发展成为一种文化。在文学中，诗歌最先借用了谜的形式。民歌的对歌就像是在猜谜，一问一答，一个是谜面，一个是谜底。后来，抒情诗，特别是哲理诗也利用了这种形式。许多人认为，小小说是界于小说和诗歌之间的文体，不是没有道理。小小说不仅具备诗歌短小、精炼、抒情的特点，在表现手法上也有许多共通之处。利用谜的形式就是一例。

作者很善于在作品中使用谜的形式。在一些作品中，他把情节的大部分都作为谜面，不让读者看到事情的真相，有时读者甚至意识不到自己是被蒙在谜里，直到情节的结局或者结尾才揭示出谜底，使读者突然间感受到阅读的快感。

《我用自己的方式爱你》中，男主人公成名之后，交际活动增多，因此也非常注重仪表，使女主人公在心理上产生了一种无形的压力。对男主人公一举一动都要仔细询问，每天上床前都要认真盘问一番，最后发展到只要是女人打来的电话，就要穷追猛打到底。终于使男主人公忍无可忍，同她离婚了。而谜底是女主人公由于无法承受精神上的压力，故意用这种方式迫使男主人公和自己离婚。

《爱情在冬天光顾了我》中的冬冬，有意接近作品中的“我”。其目的是利用“我”和她妹妹的男朋友相似的相貌，唤醒已经变成植物人的妹妹。而这个谜底，直到冬冬的妹妹死去才揭晓。

《单线联系》中的“我”，通过和他单线联系的匿名电话，发现妻子经常和前夫在舞厅秘密约会。于是和妻子离婚，和前妻复婚。最后才知道，打匿名电话的是他同前妻的儿子。当读者知道这个谜底的时候，一定会生出许多感慨，想到许多与此相关的事情。而这正是谜的形式取得的效果。

有时，“误解”也可以用谜的形式表现出来，如《死时》《第三个人》《父亲的“情人”》和《感动》都属于这一类。这里仅就《死时》说明这种情况。文中的他突然收到一封前妻拍来的加急电报。电文写道：速带儿来A城第二医院我患癌症晚期。他瞒了第二个妻子，带着儿子踏上去A城的列车。本来他和前妻的婚后生活挺不错，谁知又出现了另外一个女人……后来，他就闹离婚。妻不依，跪地求他，他就打。再不依，他就再打。终于，妻熬不住皮肉之苦，答应离婚。他到了A城的第二医院，跪在前妻床前，诉说着不尽的懊悔。一个人移情别恋，背叛了妻子另续新欢，在妻子临终前良心发现，跪在病榻前忏悔，这已经是一个很感人的故事了。但这只是谜面，是他前妻最后揭开了谜底。前妻很平静地告诉他：其实我一直不爱你，在你没和我提出离婚前，我就爱上了现在这个丈夫。我知道你肯定要和我离婚，所以才装作不肯离婚，不想叫别人说我是水性杨花的女人。读到这里，你又该作何感想呢?

作者在小小说艺术手法的探索上，还有许多可圈可点的地方，如寓言式的抽象叙事，运用象征性的道具传达情感，饱含寓意和情感的环境描写等等。这些探索和积累，使作者在文学实践中逐步形成着自己独特的风格，使他的小小说创作一步步走向炉火纯青。

小小说创作的“陌生化”

袁炳发

“陌生化”的理论是什克洛夫斯基提出来。他说：“艺术的目的是要人感觉到事物，而不是仅仅知道事物。艺术的技巧就是使对象陌生，使形式变得困难，增加感觉的难度和时间的长度，因为感觉过程本身就是审美目的，必须设法延长。”这个理论强调在内容与形式上违反人们习见的常情、常理、常事，同时在艺术上超越常境。陌生化的基本构成原则是表面互不相关而内里存在联系的诸种因素的对立和冲突，以这种对立和冲突造成“陌生化”的表象，给人以感官的刺激或情感的震动。

小小说创作如果能有意识地运用“陌生化”的方法，会使小小说作品别开生面，焕然一新。事实上，许多作者包括我自己，都有意无意地运用过这种方法，只是还没有提高到理性高度来认识。

创作中哪些方面能实现“陌生化”呢？博尔赫斯给了我极大启发。他比别人更早看到了小说的危机，对小说形式进行了革命。他的小说既新又奇，采用了数不尽的手法，其文本结构的开放性，对世界文学产生了深远影响。他常常采用的技巧是：开头缺失、结局不可达、结尾缺失、多重结尾、过程化文本，以及注释、间断、累赘手法等。在博尔赫斯的启发下，我逐步认识到：小小说在许多方面都可以采用“陌生化”的方法。

一、语言的陌生化

文学是语言的艺术，文学语言是“陌生化”的语言。索绪尔和巴尔特的符号学理论告诉我们，文学语言是与自然语言不同的符号体系，是由自然语言构成的特殊组织形式。文学语言应该打破人们对日常语言的习惯性反应，把那些习惯成自然的事物陌生化，“唤回人对生活的感受，使人感受到事物，使石头更成为石头”（什克洛夫斯基），让读者觉得仿佛是第一次见到语词指称的那个事物，具有新鲜感和新奇感。语言陌生化最主要的途径就是把自然语言在文学中扭曲、伸缩、颠倒，从而造成语言的疏远和异化。陈启佑先生的《永远的蝴蝶》，就以词语的“陌生化”使语言灵动而诗化。如文中“樱子的一生轻轻地飞了起来”“更大的雨点溅在我的眼镜上，溅到我的生命里来”。很明显，“一生”是不会“飞”起来的，“雨点”也不会“溅到生命”里，这种不合常理的组词结构，让人看起来觉得荒诞无序，但细想却又觉得合乎情理，并碰撞出意蕴深长的内涵，产生一种只可意会不可言传的阅读快感。

二、主题或题材的陌生化

与语言密切相关的是它所承载的思想。语言表达的情感和思想往往取决于作者思考的方向、把握问题的角度。主题的陌生化，主要是指能够打破常规，发掘出新的意蕴或超常的认识、独特的感受。或由表及里，开掘深意；或由此及彼，拓展视域；或逆向思维，反中求正；或推陈出新，不落窠臼；或回避老路，另辟蹊径。题材的陌生化，是指选用那些新颖独特、生动活泼、意兴盎然的材料。陌生的题材可能蕴涵着陌生的内涵，常见的主题用陌生的题材承载，也能给人新的感受或新的理解。

三、形象的陌生化

文学通过形象塑造来表达创作意图，文学形象的“陌生化”同样能给人以惊奇。张爱玲《金锁记》中的曹七巧在畸情泯灭后把疯狂的反复转移到儿女身上，这种异于常理的性格极易引起读者心灵的震憾与反思，诱使读者进入一个新奇的艺术空间。二是外形的扭曲，卡夫卡《变形记》中的人物变成了大甲壳虫，雨果《巴黎圣母院》中的卡西莫多外形奇丑但内心善良。或以扭曲的外形宣泄内心的压抑，引起读者共鸣；或与外形成鲜明对比，使人印象深刻，在本质上是对传统手法的解构或颠覆。这种颠覆或使

"标记"与"非标记"的关系颠倒过来，或创造出一种有关客体的幻觉，或打破逻辑关系创造出离奇怪诞的艺术世界，从而带来无穷的艺术魅力。

四、创作者情感的陌生化

无情感评判式的写作，或称"零度"写作，抑或以反常情感写作，都会给读者带来新的感受，契诃夫就曾主张尽量用冷漠的语言来表现同情怜悯的对象。卡夫卡的《在流放地》不动声色的描写，反而令人更加不寒而栗。创作构思时，以一种异于常理的情感注入其中，或冷漠的叙述或激烈的抒情，往往会形成一种反常的氛围。贾平凹的《废都》一开始就描写"天上出现四个太阳"，这种离奇的想象为全书规定了一种神秘诡测的玄虚基调；萨特的《禁闭》则通过描写三个关在攻不破的堡垒中备受煎熬的疯子，营构了一种荒诞的氛围。

五、叙述视角的陌生化

大胆采用独特的叙述视角，可以达到意想不到的效果。如日本夏目淑石的《我是猫》就是以猫眼看世界，通过猫的感觉达到对现实的批判与反省的目的；而托尔斯泰的《霍尔斯托海尔》以马眼看世界，实现了对社会的批判功能。叙述视角的改变往往影响故事中的情绪氛围，呈现出一种异于人类的神秘的文学意蕴，展示出生活本身的玄妙与幽深。

当然，小小说陌生化的途径决不仅只这些，此外如点铁成金，言此意彼，托体反讽等，都可以造成陌生化的效果。

创作年表

（主要作品）

1986 年

4 月　《一个鳏夫，一个寡妇》发表于《小小说》第四期（处女作）。

1989 年

3 月　《吃螃蟹》《鲜族咸菜》发表于《北方文学》第三期。

5 月　《朋友》发表于《当代作家》第五期。

1990 年

5 月　《谎言》发表于《萌芽》第五期（《小小说选刊》1990 年第八期转载；1997 年哈尔滨人民广播电视台改编成广播短剧）。

8 月　《八爷》发表于《萌芽》第八期。

1991 年

6 月　《男孩和女孩的故事》《商量》发表于《小说林》第六期。

7 月　《邻居》发表于《草原》第七期。《圈套》发表于《青春》第七期。

1992 年

4 月　《一把炒米》发表于《北方文学》第四期。

5 月　《生命》《解释》《责任》（三题）发表于《小说林》第五期。

1993 年

5 月　《作家与鹅》发表于《海燕中短篇小说》第五期。

7 月　《单线联系》发表于《北方文学》第七期。

11 月　《感觉》发表于24日《洛阳日报》。

1994 年

1 月　《汤爷》发表于《作品》第一期；《乐爷》发表于《作品》第一期。

4 月　《小雪总比下雨好》发表于《天津文学》第四期。

1995 年

5 月　《力》发表于《文学世界》第五期（《小小说选刊》1996 年第二十三期转载；《微型小说选刊》第二期转载）。

1996 年

3 月　《啃青》发表于《星火》第三期（《微型小说选刊》1996 年第十七期转载）。

4 月　《身后的人》发表于《东北亚经济报》（《小说选刊》1996 年第二十期转载）。

1998 年

2 月　《困围》发表于《小说林》第二期（《小小说选刊》1998 年第十三期转载）。

2000 年

3 月　《弯弯的月亮》发表于《故事会》第三期，同年在高考作文中被陕西一考生抄袭，引起国内各大媒体广泛关注。

7 月　《糊涂》发表于《微型小说》第七期，“名家新作” 专栏。

2005 年

7 月　《跑掉的爱情》发表于《羊城晚报》花地副刊。

《美食家钟先生》发表于《百花园》11 期。

11 月　《方式》《阴影》《富婆与乞丐》收入《小小说大智典》陕西师范大学出版社出版。

2006 年

1 月　《欲望》《大雪》发表于《百花园小小说原创版》。

4 月　《迷乱》发表于《百花园小小说原创版》。

《网事》发表于《微型小说选刊》4 期 “名家新作” 专栏；《教育诗》发表于《芒种》6 期。

6 月　《天使之吻》发表于《百花园中外读点》。

8 月　《第三个人》发表于《百花园小小说原创版》。

2007 年

《重要》发表于《小说月刊》2 期。

5 月　《爱情的背影在春天远去》发表于《小说月刊》。

《生死之间》发表于《三峡文学》7 期。

2008 年

3 月　《未央花》发表于《澳门日报》。

《小小说大境界——袁炳发访谈录》发表于《百花园》名家访谈第 5 期。

《木像》发表于《百花园》第 6 期。

《我的名字叫袁炳发》发表于《天津文学》第 7 期。

《药壶》《凶手》发表于《北京文学》8 –9 期合刊。

9 月　《亲情树》发表于《城市晚报》。

10 月　《被天使敲开的门》发表于《城市晚报》。

《名医》发表于《小说月刊》第 12 期。

2009 年

《小说月刊》1 至 12 期开袁炳发小小说专栏，每期发一篇小小说。

《暗算》《母亲的军帽》《移植》等二十余篇作品发表于各大刊物。